MICHAEL MARTEN

Drei Klausuren und ein Todesfall

ROMAN

atb aufbau taschenbuch

FSC
www.fsc.org
MIX
Papier aus verantwortungsvollen Quellen
FSC® C083411

ISBN 978-3-7466-2975-9

Aufbau Taschenbuch ist eine Marke
der Aufbau Verlag GmbH & Co. KG

1. Auflage 2014

Umschlaggestaltung Mediabureau Di Stefano, Berlin
unter Verwendung einer Illustration
von Oliver Wetter/Fantasio fine Arts
Satz LVD GmbH, Berlin
Druck und Binden CPI – Clausen & Bosse, Leck
Printed in Germany

www.aufbau-verlag.de

Prolog

Der Herr hat's gegeben,
Der Herr hat's genommen …

Noch zwei Tage. Zwei läppische Tage.
Dann würde sich alles ändern.
Sie würde ihm gehören.

Und ob ich schon wanderte im …
dein Stecken und Stab trösten mich …

Für einen kurzen Moment dachte er an die Opfer, die sein Plan bis jetzt gekostet hatte.

Er unterdrückte ein Gähnen.

Die Trauergemeinde erhob sich.

Die vor der ersten Reihe stehende Witwe schluchzte, mitten in die Worte des Geistlichen hinein, laut auf. Sie konnte sich einfach nicht mehr länger auf den Beinen halten, schwankte, wurde gestützt, schließlich auf die Kirchenbank gesetzt. Mit einem Taschentuch wischte sie sich Tränen von den Wangen.

Es war auf einmal sehr still in der Kapelle.

Er hätte am liebsten vor Glück getanzt.

Nur noch wenige Tage.

Und dann:

Spaciger Sex.

1. Teil

1. Kapitel

Philipp Willms trat in die dunkle Küche und ging zum Fenster.

Es hatte den Morgen über ein, zwei Stunden heftig geschneit und schon am frühen Nachmittag hatte die Straßenreinigung ihr Werk getan. Links und rechts der nunmehr freigeräumten Fahrbahn erhoben sich weiße, gleichmäßig geformte Hügel, als hätte ein ordnungsliebender Riesenmaulwurf hier seine Bahnen gezogen. Zwei Jugendliche mit riesigen Fellmützen zogen grölend, stolpernd und bisweilen stürzend, aber bester Stimmung, unter seinem Fenster vorbei. Im Mietshaus gegenüber war nur ein Fenster erleuchtet. Ein Paar, er mit Kochschürze, sie im Bademantel, stand in der Küche, erledigte gemeinsam den Abwasch, küsste sich, trocknete Geschirr, küsste sich wieder, löschte das Licht.

Philipp ließ den Rotwein im Glas kreisen. Er funkelte im schwachen Licht der Straßenlaterne.

Saint-Émilion Grand Cru 2005.

Philipp wog die Flasche in der Hand. Man konnte über ihn sagen, was man wollte, dem Alkohol gegenüber hatte er sich stets als tolerant erwiesen. In welcher Form dieser ihm auch begegnete, Philipp trat ihm offen und aufnahmebereit gegenüber. Selbst in der kurzen, aber dennoch äußerst intensiven Phase, in der er zum Bier konvertiert war, hatte er niemals einen Wein wegen dessen Aroma, Rebsorte oder Anbaugebiet diskriminiert, beleidigt oder benachteiligt.

Oder missachtet.

Oder etwa nicht getrunken.

Ganz im Gegenteil – er hatte sie allesamt vorurteilsfrei in sich hineingeschüttet.

Später war er dann, erschöpft und müde der Vielfalt, reumütig zum Rotwein zurückgekehrt, und dabei war es geblieben. (Abgesehen von den doch recht seltenen Situationen, in denen lediglich Bier zur Verfügung stand.)

Er ging ins Wohnzimmer und fiel fast in den Sessel. Wie immer nach Weihnachtsfeiertagen und Jahreswechsel war er vollkommen erschöpft. Die stundenlange Zugfahrt zu den Eltern, nicht enden wollende Mahlzeiten, viel Verwandtschaft, viel Alkohol.

Wie immer hatte ihm sein Bruder Thomas, mit fünfundfünfzig exakt neun Jahre älter als er, vom Familienleben mit seiner Ehefrau Marianne und ihren drei Töchtern vorgeschwärmt. Wie immer hatte Philipp gesagt, er sei eigentlich zu jung und fühle sich noch nicht reif für langfristige Bindungen.

Bereits am zweiten Weihnachtstag hatte er sich davongemacht und sich am nächsten Tag mit Maria getroffen, die er im November bei einer Ausstellungseröffnung kennengelernt hatte. Ein Bild hatte es beiden angetan, sie fanden sich zum gleichen Zeitpunkt davor und gerieten ins Gespräch über Perspektive und Farbgestaltung. Danach trafen sie sich an mehreren Wochenenden, da Maria in einer gut einhundertundfünfzig Kilometer entfernten Kleinstadt wohnte. Sie war einunddreißig, Krankengymnastin und kerngesund. Maria, beziehungsweise ihre Eltern, besaßen eine Hütte auf dem Land, und Maria tat es nun einmal liebend gern an der frischen Luft. Sie hatte vorgeschlagen, die Tage zwischen Weihnachten und Silvester dort zu verbringen.

Die Hütte hatte sich als ein besserer Holzverschlag entpuppt. Am ersten Tag waren sie Hand in Hand vom Morgen bis zum Abend durch eine eisige Mondlandschaft gestolpert.

»Atme gut durch, Liebster«, riet sie besorgt, als sie nach ihm die unbeheizte Hütte betrat, kichernd ihren grauen Mantel aufknöpfte und sich ihrer wollenen Unterwäsche entledigte. Es war der 27. Dezember, ein eisiger Wind fegte durch die Bretterritzen. Draußen hingen Eiszapfen vom Vordach. Nach zwei durchzitterten Tagen und Nächten gab er auf. Er ließ seine Sachen einfach zurück, lief blindlings drauflos und geriet prompt in ein Schneegestöber. Ein freundlicher Landwirt in einem uralten Mercedes mit wunderbaren Holzarmaturen (aber defekter Heizung) fuhr ihn ins Kreiskrankenhaus. Bei seiner Aufnahme erinnerte Philipp an den letzten Überlebenden einer fehlgeschlagenen Polarexpedition. Er besah seine blaugefrorenen Gliedmaßen und befürchtete schon eine Amputation, womöglich im Genitalbereich. Er hatte Glück und kehrte nach zwei Tagen vollständig heim.

Philipp wischte sich einen feinen Schweißfilm von seiner Stirn, schaltete den Fernseher ein und zappte durch die Programme. Er verfolgte zunächst eine Verkaufsshow, die echte Diamanten ab 4,99 Euro offerierte. Das war schon mal ein guter Anfang. Er blieb dann aber bei einem anderen Programm hängen, weil ihm der Moderator bekannt vorkam. Es handelte sich um eine Musiksendung des ZDF, in der eine räudige Meute Schlagerzombies Lieder sang, die Philipp sie schon vor ungefähr fünfundzwanzig (oder waren es mittlerweile dreißig?) Jahren hatte trällern hören. Er schaute auf ihre Gesichter und versuchte sich an Namen zu erinnern. Roberto sowieso, irgendein Bernd oder auch ein

Jürgen. Auf den ersten Blick schienen sie sich kaum verändert zu haben. Auf den zweiten, genaueren Blick allerdings bemerkte er Toupets, gefärbte Haare und passgenau in morsche Kiefer gerammte Keramikgebisse. Sakkos bedeckten mildtätig mit den Jahren angehäufte Pfunde. An den Namen des älteren Mannes, der plötzlich zum Playback auf der Bühne herumhampelte, konnte sich Philipp nicht erinnern. Chris Gold? Jürgen Love? Roberto Granata? Sein Lied aber, das musste er schon zugeben, hatte an bestürzender Aktualität nichts eingebüßt. Es verwies nunmehr seit Jahrzehnten auf drastische Wahrheiten, wie zum Beispiel *»Du kannst nicht immer siebzehn sein«*.

»Du kannst nicht immer siebzehn sein«, jawohl, dies war eine Tatsache, doch, doch, da war nun mal nicht dran zu rütteln, auch wenn die Herren Vorsitzenden der Rentenversicherungsanstalten und Pensionskassen dies mehrere Jahrzehnte verdrängt hatten, dachte Philipp. Tja, man blieb eben nicht siebzehn, meine Herren, sondern wurde rasch achtzehn, dann zweiunddreißig oder einundvierzig oder vierundfünfzig und schließlich fünfundsechzig. Nun hatten sie den Salat: ein Millionenheer von skrupellosen Rentnern, das die sozialen Sicherungssysteme in Schutt und Asche legte.

Philipp nahm einen Schluck Wein.

Dann (warum auch nicht?) noch einen.

Früher, ja früher, da war das anders. Sein Großvater, Gustav Emil Willms, Dachdecker aus dem Elsaß, den er, zugegebenermaßen, nur noch von rissigen, kleinformatigen Schwarzweißphotografien her kannte, der Gustav, der war noch ein richtiger Kerl, malochte bei Wind und Wetter und trotzte den Elementen. Gustav kippte Hochprozentiges bereits zum Frühstück, qualmte täglich seine zwei Packungen

Roth-Händle ohne Filter weg. Das Ganze vier Jahrzehnte durch, fast bis zur Rente. Dazu noch reichlich fette Soße aufs Gebratene. Siebzig wurde aus der Generation kaum einer. Den Gustav Emil allerdings, den hatte mit einundsechzig nicht sein Lebenswandel ins Grab, sondern ein Windstoß eher spielerisch vom Dachfirst gefegt. Aber die Kassenlage, meine Herren, die Kassenlage, die war eben stabil gewesen.

Und heutzutage?

Heutzutage gingen die Gustavs in Frührente, fraßen die Woche über das Land kahl und liefen am Sonntag Marathon.

Philipp gönnte sich gutgelaunt den Rest der Flasche.

Du kannst nicht immer siebzehn sein.

Tja, große Künstler sind ihrer Zeit eben weit voraus.

Das Gesicht des Sängers erschien kurz in einer Großaufnahme. Dann verbeugte er sich vor dem applaudierenden Publikum und die Kamera zeigte wieder den Moderator. Wieso sahen diese Untoten noch fast so aus wie vor mehreren Jahrzehnten? Hatte man sie beim ZDF konserviert? Aber wie? Vielleicht wurden sie gefriergetrocknet? Anschließend das Jahr über in einer Gruft unterhalb des Mainzer Lerchenbergs zwischengelagert? Wurden sie zu Jubiläen oder Silvester von furchtlosen ZDF-Redakteuren bloß wiederbelebt?

Diese Zombies konnten einfach nicht mit Anstand altern. Das war zutiefst peinlich. Hatten die denn so gar keine Würde? Philipp nahm noch einen tiefen Schluck. Ihm würde das, so viel stand fest, nicht passieren. Also das mit dem Altern, das schon, aber eben nicht ohne Anstand, war ja Ehrensache. Wobei er schließlich noch Zeit hatte, denn er war gerade mal sechsundvierzig. Alt konnte man ihn mit sechsundvierzig wohl kaum nennen.

Unschlüssig hielt Philipp die leere Flasche in der Hand.

Der erste Arbeitstag nach den Weihnachtsferien stand bevor. Ausgeschlafen und nüchtern wären die Anstalt und die Kollegen am besten zu überstehen. Philipp ging in die Küche.

Er entnahm dem Weinklimagerät eine wohltemperierte zweite Flasche (Saint-Émilion Grand Cru 2004).

Wieder im Wohnzimmer, zappte er unentschlossen zwischen zwei amerikanischen Filmen hin und her: *Casablanca* (ARD) und *Die Casting Couch* (RTL II). *Casablanca* bot Humphrey Bogart und Ingrid Bergman. *Casablanca* bedeutete: große Gefühle, noble Gesten, Verzicht und Edelmut, das ganze melodramatische Zeugs der fünfziger Jahre des letzten Jahrhunderts des unlängst vergangenen Jahrtausends.

Wer brauchte denn so was?

Die Handlung des zweiten Lichtspiels dagegen war in Los Angeles angesiedelt. Zwei junge, unerfahrene Frauen aus Omaha, Nebraska, beste und dauernd tuschelnde Freundinnen, gerade High School und Kleinstadt entronnen, beabsichtigten eine Karriere in Hollywood. Bereitwillig gaben sich Jill (dunkelhaarig) und Debbie (blond) in einer Villa einem Filmproduzenten jenseits der fünfzig hin, der sie in die verschiedensten Liebestechniken einführte. Jill und Debbie besaßen aufgespritzte Lippen und grotesk vergrößerte Brüste. Sie waren mindestens Ende zwanzig. Die eingefallenen Gesichtszüge des Produzenten umspielte dichtes, pechschwarzes Haar. Philipp schaltete den Fernseher aus.

Junge Frauen, ganz verrückt nach alten Männern? Wer schaute sich so etwas an? Grenzdebile Rentner? Nicht sein Niveau.

Er spielte kurz mit dem Gedanken, den Computer hochzufahren und die CD-ROM *Erotik in der Kunstgeschichte* einzulegen, entschied sich dann aber dagegen.

Sein Bücherregal beherbergte, was er nun brauchte: zwei Reihen großformatiger Bände mit erotischen Bildern und Zeichnungen von Picasso, Rodin, Modigliani, Degas, Matisse, Kokoschka und vielen, vielen anderen. Nach kurzer Überlegung fiel seine Wahl auf Amedeo Modigliani.

Dazu noch Musik. Philipp schaltete das Radio ein: ein simpler Takt, eine eingängige Melodie, der Sänger röhrte etwas von »baby« und »love«.

Was für ein musikalischer Müll.

Aus seinem CD-Turm suchte er ein Miles-Davis-Werk heraus. *Nefertiti* von 1967, ein klassisches Werk aus der Zeit des zweiten Miles-Davis-Quintetts. Im Sessel sitzend, das Buch im Schoß, zog er die Stehlampe heran und schlug den Bildband auf.

Modiglianis *Liegender Akt* von 1917.

Hier war Erotik künstlerisch verfeinert, hier existierte nichts Grobes, hier war alles eine Frage von Konturen, von Farbe, Licht, delikatester Nuancierung und meisterlicher Komposition.

Das war seine Welt.

Philipp öffnete die Flasche.

* * *

Der Bus fuhr plötzlich ruckartig an und Philipp gelang es gerade noch, seinen Kaffee nicht vollständig zu verschütten. In Gedanken verfluchte er den Fahrer. Schon beim Einsteigen war ihm dieser Kerl mit den tätowierten Unterarmen aufgefallen. Einer, der bei allen den Fahrschein genau kontrollierte, einer, der sich in seinem Bus als Vorgesetzter fühlte.

Philipp führte den Pappbecher vorsichtig zum Mund. Er versuchte, die zerknitterte Zeitung auf seinen Knien zu lesen, aber der Kaffee hatte die Titelseite versaut.

Er schaute aus dem Fenster in den Dunst.

Drei Konferenzen standen an. Die Ankündigungen mit den zu besprechenden Themen hatte er wie immer gar nicht erst gelesen, sondern sofort weggeschmissen. Zum Glück begann der eigentliche Unterricht erst am Montag. Das sicherte ihm ein ganzes Wochenende, an dem er sich damit abfinden konnte, dass es mit den Ferien vorbei war.

Trotz der beschlagenen Scheiben konnte er erkennen, dass der Bus in die Mozartstraße einbog. Er schlingerte in der Kurve und die beiden graubehosten Rentner mit den Prinz-Heinrich-Mützen, die Philipp gegenübersaßen, schwankten bedenklich hin und her, mussten sich an den Stangen festhalten.

Der Fahrer sah keinen Grund, seinen groben Fahrstil zu verändern.

Welche Klassen hatte er eigentlich bis Weihnachten unterrichtet? Waren das ein paar zehnte gewesen oder doch eher ein paar elfte oder zwölfte Klassen, die er aufs Abitur vorzubereiten hatte?

Der Bus hielt. Der plötzliche Ruck warf Philipp fast vom Sitz.

Zum Glück stand heute neben Konferenzen und Besprechungen (worüber auch immer) etwas Erfreuliches auf dem Programm: Heribert Karst, Fachleiter der Gesellschaftswissenschaften, würde seinen Rücktritt bekannt geben. Nicht einen sofortigen, aber doch einen zum Schuljahresende hin. Karst beabsichtigte, die letzten drei Jahre bis zu seiner Pensionierung im Schongang und mit eingeschränkter Stundenzahl zu verbringen. Darüber hinaus würde er, in Absprache mit Direktor Weyhrauch, seinen Vorschlag für einen Nachfolger benennen.

Der Fahrer bremste schon wieder scharf. Philipp reichte es allmählich. Die Rentner stiegen aus.

Eigentlich konnte in der heutigen Sitzung von Karst nur sein Name genannt werden. Philipp erinnerte Karst des Öfteren an bevorstehende Termine und half ihm überhaupt aus so mancher Verlegenheit. Der betagte Kollege neigte in letzter Zeit, um es milde auszudrücken, nicht nur zur Vergesslichkeit. An manchen Tagen schien er Philipp vollkommen normal zu sein, an anderen jedoch bereits jenseits von Gut und Böse. Nie wusste man, woran man bei ihm war. Karsts Wechsel zwischen Klarheit und Umnachtung waren so unvorhersehbar wie die Abfolge von Rot und Schwarz beim Roulette. Er verwechselte Kollegen, verlor wichtige Unterlagen, war mitunter im Schulgebäude unauffindbar. Vor zwei Jahren, als Karst wegen eines gebrochenen Beins für einige Monate ausfiel, hatte Philipp vorübergehend die Fachleitung übernommen. Wer außer ihm käme als Nachfolger in Frage?

Sicher, zunächst dürfte er, die Zustimmung der Kollegen vorausgesetzt, den Fachbereich nur übergangsweise leiten. Später aber, nach Ausschreibung der Stelle, würde er sich ganz offiziell bewerben. Dann hätte er wahrscheinlich beste Chancen, sich gegen jemanden von außen durchzusetzen.

Die Tür schloss sich und der Bus fuhr an. Ein Blick aus dem Fenster zeigte Philipp, dass er nicht mehr viel Zeit hatte.

Er nahm den Becher, verschüttete den Rest seines Kaffees in einer kreisenden Bewegung sorgfältig auf dem Nebensitz und ließ den Becher unter den vorderen Sitz fallen.

Der Bus erreichte die Endhaltestelle. Philipp stand auf und ging nach vorne zum Fahrer. Er erzählte ihm, ein paar hinterhältige Rentner hätten die Sitze verunreinigt. Der Fahrer fluchte und regte sich auf, weil sein Chef ihn für diese Schweinerei zur Verantwortung ziehen würde. Dann bedankte er sich bei Philipp für den Hinweis. Sei doch selbstverständlich, erwiderte der, wünschte noch einen schönen Tag und stieg aus.

Er ging ein paar Schritte die Straße entlang, an deren Ende sein Ziel lag: ein Gebäude aus Beton, dessen Umrisse sich nur schemenhaft aus dem Morgennebel schälten.

Offiziell hieß es »Altsprachliches Gymnasium am Wilhelmshain«. Philipp (und Gesine) nannten es »den Bunker«.

Er blieb stehen, atmete tief durch und bog ab.

* * *

Aus dem Meiler, inmitten einer Wiese gelegen und grob aus Lehm und unbehauenen Steinen gefügt, stiegen träge Rauchwolken in die kühle Morgenluft auf. Sie bildeten kleine, verspielte Formationen, lösten sich voneinander, zerkräuselten zusehends und verschwanden in den schneebedeckten Baumwipfeln, in denen einige Krähen hockten. Die Vögel beharkten einander mit den Schnäbeln, schlugen mit den Flügeln, beharkten sich erneut, um anschließend in einem dunklen Pulk in den trüben Himmel aufzusteigen und sich am grauen Horizont zu verlieren.

Neben dem Meiler stand ein junger Mann, blässlich, von vielleicht achtzehn Jahren, dessen magere Gestalt nur mit Fellresten gegen die Kälte geschützt war. Er wippte mit einem rußverschmierten Fuß auf einem am Meiler angebrachten Blasebalg. Immer wieder blies er in die Hände, rieb sich über die Unterarme und fuhr mit der rechten Hand durch sein Haar.

Ein Erwachsener, der den Jungen um zwei Köpfe überragte, trat zu ihm und klopfte ihm auf die Schulter. Er stieß mit dem Fuß gegen einige steinerne Bronzegussformen, aus denen zwei oder drei Restbrocken längst erkalteten Metalls fielen. Der Mann hob sie auf, wog sie in der Hand und ließ sie in den Schneematsch fallen.

Er schaute sich um und entdeckte Philipp, der sich von der Straße her näherte.

»Morgen, Herr Willms. Schöne Weihnachten gehabt?«

»Morgen, Herr Ramcke, wie immer. Was gibt denn das hier?«

»Mein neues Projekt: Jungsteinzeit.«

Er zeigte auf die frierende Gestalt neben dem Meiler.

»Damit der gute Siggi hier was lernt und keine Drogen mehr verscheuert.«

Philipp schaute lächelnd zu dem jungen Mann hinüber, der zu einer obszönen Geste ansetzte, diese jedoch nicht zu Ende führte.

Ramcke unterrichtete Geschichte und Biologie, hatte jedoch seit geraumer Zeit mit der herkömmlichen Vermittlung von Geschichte rein gar nichts mehr anfangen können. Es wurde immerzu gelesen und geredet, Problemstellungen wurden gesucht, Hypothesen aufgestellt, Strukturen analysiert – ihm reichte es mit dem ganzen Kopfkram.

Eines Morgens saß er am Schreibtisch und blätterte gähnend das Geschichtsbuch für seine Siebten durch. Die Steinzeit. Und was hatte das Lehrbuch zu bieten? Alberne Geschichtchen über die Mammutjagd! *(Als Urka, der alte Jäger, Witterung aufnahm, schoss sein Blut durch die Adern und er gab den anderen ein ...)* Du lieber Gott.

Er stand auf und schmiss das Buch in die Ecke.

Ramcke fuhr zum städtischen Schlachthof.

Dort ließ er sich von verdutzten Facharbeitern ordentliche Stücke Schweine- und Rindfleisch aushändigen. Das ganze Zeug packte er in den Kofferraum seines Volvos und fuhr zur Schule. Warf sich die beiden Säcke über die Schulter und ging, eine rote Spur durchs Gebäude ziehend, in seine 7a. Im Klassenraum warf er die blutigen Brocken sprachlosen Kindern vor die Füße.

Die Schüler starrten ihn an.

Dann rannten sie zum Sportplatz und hoben in der Weitsprunganlage jubelnd eine Grube aus. Einige schlugen Feuer. Andere traktierten die blutigen Fleischklumpen bereits mit Schaber und Faustkeil. Das rohe Fleisch brieten sie über der offenen Feuerstelle. Fett tropfte zischend in die Flammen, erhitzte Gesichter grinsten einander zu. Die Schüler waren begeistert, Ramcke zufrieden.

So wurde laut Ramcke Verständnis für vergangene Epochen geweckt, außerdem der gute alte Jagdinstinkt wiederbelebt. (Wenigstens dieser, so hatte Ramcke Philipp einmal auf einem Kollegiumsausflug anvertraut. Wenn er nur dürfte, wie er wollte, wenn ihm diese Idioten im Ministerium nicht andauernd ins Handwerk pfuschten, dann würde er auch noch ganz andere Instinkte bloßlegen.)

Philipp schaute auf Ramckes vereiste Schuhe, dann zu dem frierenden Siggi.

»Wo ist denn Eckbert, Siggis Kumpel? Verhaftet?«

»Nee, nee, der ist drüben im Wald, hebt 'ne Fallgrube aus.«

»Eine Fallgrube?«

»Für Bären und Mammuts.«

»Bei der Kälte?« Ramcke zog an seiner Zigarette.

»Freund von mir hilft ihm mit 'nem Bagger.«

Philipp nickte.

»Ich werd dann mal. Die ganze Mischpoke schon versammelt?«

»Sicher, alle schon in der Schwatzbude, komme auch gleich, werde mal schauen, wie weit die mit der Grube sind.«

Ramcke holte hinter dem Meiler eine Aktentasche hervor, nickte Philipp kurz zu und stapfte zielstrebig Richtung Wald. Er hinterließ eine tiefe Spur im Schnee, die schnurgerade zum Rand des Waldgebiets führte, nach dem das Gymnasium benannt worden war.

Siggi wandte sich dem Meiler zu und Philipp machte sich auf den Weg zum Lehrerzimmer.

* * *

Das Altsprachliche Gymnasium am Wilhelmshain war ein graues, zweistöckiges, T-förmiges Gebäude mit benachbarten Sportanlagen. Sein Einzugsgebiet war geteilt. Im Norden lag ein Neubaugebiet. Dort schliefen die Schüler in akkuraten Reihenhäusern oder geklinkerten Eigenheimen mit Briefkästen aus gebürstetem Edelstahl.

Südlich des Gymnasiums wucherten die alten Arbeiterviertel. Hier erwachten jeden Morgen die schulpflichtigen Töchter und Söhne der Arbeitslosen, der Sozialhilfeempfänger, der Ausländer und der Migranten.

Philipp ging über den Schulhof Richtung Haupteingang.

Orange gestrichene Fensterrahmen sollten dem grauen, rissigen Betonkasten ein wenig von seiner Tristesse nehmen, scheiterten jedoch kläglich.

Anfang der Siebzigerjahre des vergangenen Jahrhunderts errichtet, hatte man ihn – Gelder für Bildung waren im Übermaß vorhanden – bis unter das Flachdach mit allem vollgestopft, wonach Politikern, Kultusbürokratie und Lehrerverbänden der Sinn stand. Das gesamte Gebäude wurde mit grünem Teppich ausgelegt, eins der teuersten Sprachlabore Deutschlands installiert, ergonomische Stühle wurden aufgereiht und Doppel-Pylonentafeln an frisch gestrichene Wände geschraubt.

Mehr als drei Jahrzehnte später waren die meisten Stühle verbogen, die Wände verschmiert, der Teppich war voller Löcher. Nun bestand das Ziel darin, den endgültigen Verfall möglichst lange hinauszuzögern. Philipp betrat den Bunker und ging die abgewetzten Treppenstufen in den ersten Stock hinauf. Vor der Tür mit der Aufschrift »Lehrerzimmer« lag leichter Kaffeegeruch in der Luft. Prompt meldete sich sein Magen. Er suchte die Toilette auf.

* * *

Das Lehrerzimmer war ein schmaler, rechteckiger Raum, dessen eine Längsseite die Fenster mit dem Blick über den Schulhof einnahmen. Ihnen gegenüber standen zwei Schränke, die Garderobe sowie die Anrichte mit der Kaffeemaschine. Die Mitte des Zimmers dominierte ein langer, fast den gesamten Raum durchmessender Tisch. Jahrelang hatten im Lehrerzimmer mehrere kleinere Tische gestanden, an denen sich diejenigen Kollegen zusammenfanden, die sich auf irgendeine Weise privat, pädagogisch oder politisch miteinander verbunden fühlten, denn eigentlich zerfiel das Kollegium in drei Lager.

Ein Lager war die Heimat der eher konservativen Richtung, im Philologenverband organisiert, angeführt von Dieter Ramcke und dessen Freund Fredy Braitbach, ebenfalls Geschichte, bei ihm plus Sport. Ihr Ziel bestand in der Verhinderung all dessen, was man Modernisierung hätte nennen können. Eine Veränderung des Lehrplans? Trendthemen im Unterricht? Nicht mit Dieter und Fredy. Ramckes Ablehnung von modischem Firlefanz spiegelte sich in seinen beinharten Unterrichtsmethoden.

Ihnen gegenüber befand sich das eher liberale Lager, in der Gewerkschaft Erziehung und Wissenschaft organisiert. Dieses wurde angeführt von den Kolleginnen Luise Rothenberg, Biologie und Politische Bildung, und Sigrid Mersbach, Sport und Politische Bildung. Sie beabsichtigten, zuweilen unterstützt von Kollegen wie Möller oder Erdmann, eine Modernisierung des Altsprachlichen Gymnasiums. Das dritte Lager war dasjenige der Unentschiedenen oder Gleichgültigen, zu denen sich Philipp zählte.

Die Probleme der letzten Jahre (Pisa-Studie, Mittelkürzungen, überstürzte Reformen, Gewalt, Drogen, Internet usw.) ließen diese Fronten aufweichen, führten zu der Ansicht, dass man die zahlreichen Herausforderungen wohl nur gemeinsam würde lösen können. Das Lagerdenken galt mehr und mehr als veraltet und kontraproduktiv. Weyhrauch, der Direktor, hatte in seiner kurzen Weihnachtsansprache dazu aufgefordert, das Verbindende zu erkennen, das Trennende aber zu akzeptieren und zu nutzen.

So wurden am Ende der letzten Weihnachtsfeier, als die Glühweinvorräte fast aufgebraucht waren, die Tische auf Vorschlag der (leicht angetrunkenen) Kollegin Luise Rothenberg zu einem zusammengestellt. An dem nahm das Kollegium nun gemeinsam Platz. Dies sollte dem neuen Geist des Miteinanders auch einen sichtbaren Ausdruck verleihen.

»Frohes Neues, Herr Braitbach.«

»Ebenfalls, Herr Ramcke.«

Philipp blickte kurz auf und sah die beiden Herren Hände schütteln. Braitbachs Hand verschwand in Ramckes, dessen Körper Braitbachs drahtige Figur halb verdeckte. Philipp drehte sich leicht zur Seite, bevor die beiden ihn in ein Gespräch verwickeln konnten.

Im Lehrerzimmer herrschte beste Stimmung. Erdmann verschenkte Pralinen, Weyhrauch eine Anzahl von Lebkuchenherzen, ganz offensichtlich Restbestände von der gelungenen Weihnachtsfeier. Sigrid Mersbach ging umher und zeigte Photografien von glücklichen Enkelkindern unterm Weihnachtsbaum. Jeder wünschte jedem alles nur erdenklich Gute für das neue Jahr. Einzig Heribert Karst, der älteste Lehrer, Latein und Geschichte, irrlichterte wie immer in seinem hellgrauen Anzug von 1966 umher.

Philipp verdrängte plötzlich aufkommende Erinnerungen an sein Weihnachtsfest und (soweit vorhanden) an den vorherigen Abend.

Er sah sich nach Gesine um, konnte sie aber nicht finden. Gesine Siegel, Lateinlehrerin, mit dreiundvierzig Jahren immer noch die schönste Frau im Haus, vollkommen unsentimental und von unbeschwerter Boshaftigkeit. Sie entfernte sich eigentlich nur äußerst ungern von Kaffeemaschine und/oder Keksdose.

Philipp ging zu einem der Stühle an der Fensterfront und sah von dort aus Gesine an der Seite Luise Rothenbergs hereinspazieren. Die beiden winkten und setzten sich zu ihm. Philipp wünschte beiden einen »guten Start«. Er bedachte Luise Rothenbergs neue Frisur, die ihren natürlichen Charme unterstreiche, mit einem Kompliment.

Frau Rothenberg bedankte sich, entschuldigte sich aber, weil sie noch mit weiteren Kollegen zu reden habe. Sie ließ Gesine und Philipp allein.

Gesine sah ihn an.

Philipp sah Gesine an.

Gesine zog eine Augenbraue hoch.

Philipp schlug sich an die Stirn und stand auf. Wenige Augenblicke später kehrte er zurück, eine Tasse Kaffee sowie einige Kekse vor Gesine absetzend.

»Sehr spät, mein Lieber«, meinte Gesine, »sehr spät.«

Sie nahm die Tasse in die Hand.

»Und wie war Weihnachten, Philipp?«

»Nicht so doll. Wie hast du die Feiertage verbracht, Gesine?«

»Vollkommen unchristlich.«

Sie blies in ihren Kaffee.

»Reicht das als Andeutung?«

Philipp zeigte ihr seine Handflächen und winkte ab.

Gesine schaute zu Ramcke und Braitbach hinüber und anschließend wieder zu Philipp.

Der zuckte nur mit den Achseln.

Gesine nahm einen Schluck, dann streckte sie die Arme aus.

»So, mon cher Philipp, ich werde mich mal, Interesse an meinen Mitmenschen heuchelnd, unter das gemeine Volk mischen. Wir sehen uns ja dann bei den Konferenzen.«

Gesine nickte ihm zu und stand auf. Philipp ging zu seinem Schrankfach und entnahm, was sich in den letzten Wochen so angesammelt hatte. Er setzte sich wieder an den Tisch und schaute die Unterlagen durch. Ein farbiger Werbezettel eines Schulbuchverlags, der das ultimative Lehrwerk »Deutsch Interaktiv« annoncierte (Super: endlich richtig motivieren!), eine Mitteilung des Ministeriums (Dringend: neue Formulare für schriftliche Abiturprüfung), Hinweise auf wichtige Fortbildungen (Achtung: *Genderstudies* – neue Rollenspiele mit Siebtklässlern).

Philipp behielt nur die Mitteilung des Ministeriums. Die könnte ihm in der Konferenz von taktischem Nutzen sein, falls Karst erwartungsgemäß seine Kopie vergessen haben sollte. Den restlichen bunten Ramsch warf er in sein gut gefülltes Fach zurück. Dies geschah aus reiner Notwehr, denn die Beschäftigung mit allem, was mit Unterricht, Lernen und Lehren zu tun hatte, führte bei ihm zu Verstopfung oder Hautpusteln. In seinen ersten Jahren als Lehrer hatte er sich gern mit pädagogischen Dingen beschäftigt, aber diese Bereitschaft war ihm abhandengekommen. Manchmal fragte er sich, woran das lag, fand aber keine Antwort. Heute hießen die Alternativen Verstopfung oder Hautpusteln.

Allein die Beschäftigung mit Begriffsungeheuern wie zum Beispiel »Lernzielimplementierung« konnte einen juckenden, rötlichen Ausschlag auf seinem Handrücken zur Folge haben. Mit dem schlug sich Philipp womöglich wochenlang herum. Obwohl er, wie er sich selbst eingestand, gar nicht genau wusste, wer da wem was warum wann wo wie implementierte. Oder wurde da etwas in die Schüler implantiert? Gab es bereits Lernzielimplantate?

Er ging zum Mitteilungsbrett und erfuhr, dass der Sportkollege Hellmann in der nächsten Zeit nicht zur Verfügung stehen würde: knöcherne Ausrissverletzung aus dem Schienbeinkopf, zugezogen beim Volleyballspiel. Was es nicht alles gab. Der Kollege Hellmann war aber auch ein Pechvogel. Als sich Philipp herumdrehte, sah er neben dem Kollegen Ramcke eine junge Frau, die nicht zum Kollegium zählte. Sie gab Ramcke die Hand.

Neben dessen hoch aufgeschossener, massiger Gestalt wirkte sie ausgesprochen zierlich. Ihre langen schwarzen Haare hatte sie zu einem kleinen Turm hochgesteckt. Sie trug schwarze Jeans, dazu eine weinrote Bluse, die den leichten Bronzeton ihrer Haut unterstrich.

Die junge Frau und Ramcke unterhielten sich äußerst angeregt. Sie lachte und Ramcke stellte sie einigen Kollegen vor. Zuerst natürlich, wem sonst, Braitbach, seinem Spezi. Danach den anderen, Erdmann, Karst und Konsorten. Wie diese betagten Penner (außer Karst) um sie herumscharwenzelten und freundlich taten. Nicht zu glauben. Diese alten Narren. Was bildeten sich diese arthritischen Idioten nur ein?

Man musste sich die Herrschaften doch nur einmal anschauen: Rainer Erdmann, Mitte fünfzig, vor drei Jahrzehnten noch der vollbärtige Gründer der Ortsgruppe der Grünen. Mittlerweile stets glatt rasiert, im linken Ohrläppchen einen Brillanten, fuhr er heute im BMW-Cabrio auf dem Schulhof vor.

Auch Braitbach redete auf sie ein. Ausgerechnet Fredy Braitbach. Ebenfalls Anfang fünfzig, ein nur notdürftig als Mensch kostümierter Bausparvertrag.

Das war ja albern!

Direktor Weyhrauch, tadellos gekleidet, trat zu der Gruppe hinzu.

Nach einer kurzen Unterhaltung verließ die Unbekannte an seiner Seite das Lehrerzimmer.

Ramcke, Braitbach und Erdmann standen wie dumme Schuljungen nebeneinander und grinsten sich an.

Ramcke drehte ab und legte irgendwelche Bücher in sein Fach. Philipp wunderte sich.

Wieso wusste er nichts von ihr? Niemand, kein Kollege, kein Direktor, hatte in den letzten Dezembertagen vor den Weihnachtsferien vom Einsatz neuer Lehrkräfte mitten im Schuljahr gesprochen.

Bereits eine Viertelstunde später trafen sich diejenigen, die Geschichte, Erdkunde oder Politische Bildung unterrichteten, zur Konferenz der Gesellschaftswissenschaften.

Heribert Karst, als Vorsitzender an der Schmalseite des langen Tisches sitzend, begrüßte die Anwesenden, wünschte allen Kollegen ein gesundes neues Jahr.

Philipp fand, Karsts schlohweißes Haar harmonierte prächtig mit dem hellgrauen Anzug.

Karst sprach von seiner Absicht, im Sommer vom Amt des Fachleiters zurückzutreten.

Ein kultivierter, älterer Herr eben.

Er wolle seine letzten zwei, drei Jahre im Schuldienst in Ruhe verbringen. Als seinen Nachfolger hätte er, nach Rücksprache mit dem Herrn Direktor Weyhrauch und mit dessen voller Unterstützung, einen sehr verdienten Kollegen im Auge.

Karsts leicht zerschlissener Anzug bewies lediglich einen souveränen Umgang mit bloßen Äußerlichkeiten.

Es handele sich, wie die meisten wohl ahnten, um den Kollegen Ramcke.

Philipp schaute zu Ramcke herüber, der freundlich in die Runde nickte.

Er vertraue, so führte Karst weiter aus, dem Kollegen Ramcke aus diesem Grunde auch die Ausbildung der Referendarin, Frau Miriam Falter, an, die ab heute im Hause tätig sei. Einige hätten die junge Dame wohl schon kennengelernt.

Philipp starrte Karst an.

Wovon faselte dieser sabbernde Tattergreis in seinem lächerlichen Outfit?

Braitbach wollte wissen, was es mit diesen neuen Formularen für das Abitur auf sich habe.

Abitur, wieso Abitur, stotterte Karst.

Reflexartig griff Philipp nach seinen Unterlagen.

Bevor er allerdings etwas erklären konnte, hielt Ramcke die besagten Formulare bereits in seinen riesigen Pranken und wies auf die zwei bis drei unwesentlichen Änderungen im Vergleich zum Vorjahr hin.

Ein erleichterter Karst sagte, nachdem diese Frage des Kollegen Braitbach beantwortet sei, wolle er dem Kollegen Ramcke sogleich die Gelegenheit geben, in das schöne Amt des Fachleiters hineinzuwachsen. Er überlasse ihm deshalb für die heutige Konferenz den Vorsitz.

Ramcke, zu Karst gewandt, bedankte sich für Vertrauen und Vorschusslorbeeren. Er bekundete, nun zu allen sprechend, die Absicht, sein Bestes zu geben, obwohl er wisse, dass Karsts Schuhe eine Nummer zu groß für ihn seien. Dies meine er im übertragenen Sinne.

Allgemeine Heiterkeit in der Runde.

Wie konnte man nur über derart schale Witzchen lachen?

Ramcke legte los.

Zum einzigen Tagesordnungspunkt, den Entschuldigungen der Schüler im Falle verpassten Unterrichts, wolle er lediglich seine grundsätzliche Einstellung darlegen:

Es sei ja bekannt, wie erfinderisch die Schüler in dieser Hinsicht seien, und er könne die Kollegen nur davor warnen, ihnen ein solches Verhalten durchgehen zu lassen. Er jedenfalls werde von seiner klaren Linie nicht abweichen. Er werde auch weiterhin für jede Fehlstunde eine ärztliche Bescheinigung verlangen und keine windigen Entschuldigungen der Schüler durchgehen lassen.

Luise Rothenberg meinte, man solle im Umgang mit Heranwachsenden Langmut walten lassen, sich mitunter vielleicht des Geistes der Bergpredigt entsinnen. Schließlich handele es sich um das eigene Ich erst noch zu finden habende Menschenkinder.

Philipp stimmte ihr spontan, prinzipiell, vom Ansatz her, in Gedanken zu.

Ramcke meinte, das sei Quatsch. Für eben jene Heranwachsenden sei Jesus von Nazareth als Didaktiker ein Weichei und Loser. Schüler liebten im Lehrer doch eher Jahwe, den unerbittlichen Gott des Alten Testaments. Außerdem sei man hier, fügte er nur halblaut hinzu, an einem staatlichen Gymnasium und nicht bei einer Frauengruppe.

Braitbach lachte.

Rothenberg schaute irritiert in die Runde. Ihr Blick blieb an Philipp hängen.

Philipp schaute an die Decke.

Ramcke beendete die Konferenz, indem er auf sein Lieblingsthema zu sprechen kam: die Globalisierung und der gymnasiale Unterricht. Schon war er in seinem Element, redete von verschärfter internationaler Konkurrenz und asiatischem Fleiß. Philipp betrachtete die Kollegen, sah die Demütigung im Gesicht Rothenbergs, die Entschlossenheit in Ramckes und immense Selbstzufriedenheit in Braitbachs Zügen.

Ramcke beendete seine Ausführungen. Karst bedankte sich für die professionelle Leitung der Sitzung. Er wolle um Gottes willen nichts vorwegnehmen, glaube aber sagen zu dürfen, dass die Fachschaft mit einem Vorsitzenden namens Ramcke einen guten Fang machen werde. Die endgültige Entscheidung über seine Nachfolge müsse jedoch der nächsten, für den 15. Mai anberaumten Konferenz vorbehalten bleiben.

Im Anschluss an dieses Schlusswort begab sich die Fachschaft Gesellschaftswissenschaften geschlossen ins Lehrerzimmer. Kaffee wurde benötigt.

Von der danach folgenden Gesamtkonferenz bekam Philipp nicht viel mit.

Das Kollegium diskutierte die ersten Monate der Kooperation mit der Fachstelle *Gemeinnützige Arbeit der Jugendhilfe*. Ziel: Integration schwieriger Jugendlicher durch engen Täter-Opfer-Kontakt. Die beiden vorbestraften Jugendlichen, Siegfried Rogalla und Eckbert Ziegler, waren seit Schuljahresbeginn mehrere Stunden in der Woche an der Schule. Philipp hörte kaum hin, ständig fielen ihm die Augen zu.

Als er die Schule schließlich am Nachmittag an Gesines Seite verließ, sah er Ramcke, der gerade sein Fahrrad von Schnee befreite. Ramcke winkte ihn heran.

Philipp verabschiedete sich von Gesine und ging zu Ramcke hinüber, während Gesine ihm überrascht hinterhersah.

»Hübsches Mädel, nicht?«, sagte Ramcke. Mit seinen eins neunzig sah er auf Philipps knappe eins achtzig herab.

»Wer denn?«, fragte Philipp.

»Na, wer wohl, Herr Kollege? Miriam Falter, meine neue Referendarin natürlich. Geschichte und Kunst.«

Ramcke grinste, sein Mund ein schmaler Strich, hinter dem sich, wie Philipp vermutete, eine große, rote, geschickte Zunge verbarg.

* * *

Das *EXIT* war ein Café, das in den Achtzigern seine große Zeit gehabt hatte, als sehr durstige Werktätige und friedensbewegte Studenten einträchtig an der Theke hockten und nächtelang durchsoffen. Diese Zeiten waren längst vorbei, die Werktätigen in Frührente oder Reha-Maßnahmen, die Studenten im öffentlichen Dienst.

Im *EXIT* aber gab es immer noch dieselben alten Holztische, dieselben unbequemen Stühle und auf Platz eins der Speisekarte fanden sich immer noch unangefochten die handgeschöpften Schupfnudeln mit Gulasch. Die Mehrzahl der Gäste, in die Jahre gekommen wie das *EXIT* selbst, gehörte altersmäßig nicht mehr zur werberelevanten Zielgruppe. Für sie wurden die schrillen, rasanten Videoclips nicht gedreht.

Philipp saß an seinem Stammplatz, hinten rechts, an der Wand neben dem Fenster, vor sich seinen geliebten Apfelstrudel mit heißer Vanillesoße.

Er fühlte sich nicht so toll.

Eine neue Kellnerin, sehr jung, sehr hübsch, sehr tätowiert, hatte ihn gesiezt. Was sollte das nun wieder?

Wieso war Rita, die ihn schon seit Jahren bediente, heute nicht da?

Er nahm das Stadtmagazin zur Hand. Die Titelgeschichte des *Metroguide* handelte von einer Frau, die bereits im Alter von siebzehn Jahren ihre eigene Show bei einem Musiksender gehabt hatte. Mit achtzehn folgte eine Affäre mit dem charismatischen Gründer eines Software-Imperiums. Mit neunzehn ließ sie sich ihre Memoiren zusammenschustern. Nun, mit Anfang zwanzig, am Ende eines erfüllten Lebens, dämmerte sie, restlos ausgebrannt, in Berlin-Mitte als Touristenattraktion in einer Szenebar dahin.

Philipp blickte vom Magazin auf. Was hatte er eigentlich in dem Alter getan?

Mit Anfang zwanzig hatte er im Städtischen St.-Johannes-Krankenhaus seinen Zivildienst abgeleistet. Allzu viel zu tun hatte er da nicht gehabt. So verbrachte er die meiste

Zeit damit, in Gängen, Aufenthaltsräumen, Behandlungszimmern, Intensivstationen, Fahrstühlen, Kantinen und Raucherecken hübschen Krankenschwestern aufzulauern. Die jedoch hielten ihrerseits Ausschau nach angehenden Fachärzten mit Seitenscheitel und ignorierten spindeldürre Kriegsdienstverweigerer.

Er beobachtete die neue Kellnerin. Er schätzte sie auf zweiundzwanzig. Sie war fast eins achtzig, hatte ihre Haare streng nach hinten gekämmt und in einem Pferdeschwanz untergebracht, der auf und ab wippte, während sie von Tisch zu Tisch huschte.

Philipp blätterte weiter im Magazin herum. Viele Photos zeigten Menschen deutlich unter dreißig. Er fuhr sich durchs Haupthaar. War es schon wieder dünner geworden?

Der Apfelstrudel ließ heute auch zu wünschen übrig: irgendwie bröckelig, die Vanillesoße nur lauwarm, fast schon kalt.

Ramckes Referendarin kam ihm in den Sinn.

Er blätterte weiter zu den Kontaktanzeigen des Magazins. Schon erstaunlich, was die jungen Mädels so für Männer suchten.

»Zwei rattenscharfe Trashgirls suchen Powerlover für spacigen Sex. Keine Sensiblen, keine Studierten.«

Ach Gott, ach Gott, wie billig.

Er schaute wieder der Kellnerin hinterher. Ihr T-Shirt zeigte zwei Einhörner, kopulierend in einem Märchenwald. Mit einer Handbewegung deutete er an, zahlen zu wollen. Sie nickte ihm zu.

Philipp wollte aufstehen, um sein Magazin zu den anderen auf den Tisch an der gegenüberliegenden Wand zu legen. Aber kaum hatte er sich halb erhoben, verspürte er den altbekannten, stechenden Schmerz im Rücken. Er verharrte einen Moment in dieser Stellung, bis der Schmerz nachließ. Dann versuchte er, sich möglichst unauffällig zu setzen, ganz so, als hätte er es sich plötzlich anders überlegt mit dem Aufstehen. (»*Prolapsus nuclei pulposi*«, hatte sein Arzt vor zwei Jahren achselzuckend verkündet, oder, im Volksmund: der gute alte Bandscheibenvorfall.)

Er las die Kontaktanzeige noch einmal durch.

Spaciger Sex.

Wieder kam ihm die Neue vom Vormittag in den Sinn.

Die Kellnerin stand ein paar Tische weiter und kassierte zwei bärtige junge Männer ab. Philipp schätzte die beiden auf Mitte, vielleicht Ende zwanzig. Alle drei lachten.

Er versuchte sich zu konzentrieren. Ramcke würde die Referendarin nun also fachlich ausbilden, das hieß: dauernd mit ihr zusammen sein. Dieter Ramcke, einundvierzig Jahre alt, Studienrat, demnächst auch noch Fachleiter Gesellschaftswissenschaften, der große B'wana, die Blitzbirne, das Alphatier in diesem Teil des Dschungels. Ein Sportfanatiker. Passionierter Wasserballer. Fuhr, so oft es ging, mit dem Rad zur Schule. Nicht ein Gramm überflüssiges Fett am Körper.

Die Kellnerin stand nun hinter der Theke, einen Espresso in der Hand, und blätterte in einem Magazin. Ihn hatte sie ganz offensichtlich bereits komplett vergessen.

Sollte etwa ausgerechnet Ramcke so viel Glück haben? Warum eigentlich? Weil er zufällig von einem offensichtlich geisteskranken Karst und vom ahnungslosen Direktor Weyhrauch ausgewählt worden war? Für eine Stelle, die eigentlich nur ihm, Philipp Willms, zustand?

Ramcke, der Macher, Ramcke, der Bestimmer, Ramcke, der Entscheider.

Stil, zarte Zwischentöne, behutsame Andeutungen, all das

kannte dieser grobe Klotz nicht. Genauso wenig wie Haarausfall. Und jetzt sollte dieser Riesentrampel auch noch eine ausnehmend hübsche Referendarin ausbilden dürfen? Das war zutiefst ungerecht.

(Sicher, das ganze Leben war ungerecht. Wenn es im Leben gerecht zuginge, das war klar, dann befänden sich auf Bill Gates' Konto 4350 Euro, auf Philipp Willms' aber, grob gerechnet, so um die vierundvierzig oder fünfundvierzig Milliarden Dollar.)

Gerecht, gerecht wäre außerdem, wenn er Ramcke die Sache mit der Referendarin versauen könnte, genauso, wie Ramcke ihm die Sache mit der Fachleitung Gesellschaftswissenschaften versaut hatte.

Aber wie?

Vielleicht die Sache mal mit Gesine bereden?

Er schaute zur Kellnerin herüber, die nun an der Theke stand und selbstvergessen Gläser spülte.

Philipp dachte an Ramcke, an die Neue, an nackte Körper.

Er stand auf und ging zur Theke.

Die Kellnerin stellte das Glas ab.

»Ach, Sie wollten ja zahlen, Entschuldigung, ich hatte Sie ganz vergessen.«

»Macht nichts, kein Problem.«

Sie öffnete ihre Geldbörse.

»Was ist denn eigentlich mit Rita? Ist sie krank?«

»Rita? Kenn ich nicht. Bin neu hier. Sechsfünfundachtzig bitte.«

Philipp gab ihr sieben Euro und verließ das *EXIT*.

2. Kapitel

Zehenspreizer wurden eingesetzt und auf ihren Halt geprüft.

Gesine öffnete ein kleines Fläschchen und führte einen Pinsel ein.

»So, so, es geht also gegen den Kollegen Ramcke.«

»Ganz recht, Gesine. Besagter Herr betreut, wie dir bekannt sein dürfte, die Referendarin.«

Der Pinsel tauchte wieder auf und fuhr mehrfach über den Nagel des großen Zehs. Es folgte ein langer Augenaufschlag.

»Na und?«

»Na und? Na hör mal, die beiden bereiten ihren Unterricht zusammen vor, inklusive der Prüfungsstunden. Ramcke, so ganz als Helfer der Jugend, verstehst du? Die werden dauernd zusammenhocken, gemeinsam lästern über verkalkte Ausbilder, alberne Vorschriften, was weiß ich.« Er überlegte einen Augenblick.

»Und dann, wenn mal was schief läuft, wird sie bei ihm Trost suchen. So was kann im Bett enden. Wäre jedenfalls nicht das erste Mal.«

Gesine legte den Kopf leicht zur Seite und wandte sich dem kleinsten Nagel zu.

»Wohl wahr, wohl wahr. Tja, das dürfte nicht einfach werden. Wir Lehrer arbeiten für gewöhnlich allein, jeder auf sich gestellt. So ein bisschen wie Agenten hinter den feindlichen Linien, nicht? Wie soll man da Ramcke was am Zeug flicken?«

»Das nun eben frage ich dich.«

Philipp hielt sich kurz die Nase zu.

»Mein Gott, wie der Lack riecht. Was ist denn da drin – Blausäure?«

»Keine Ahnung, das ist meine neue Farbe, Funky Pearl. Da gibt es einen Herrn, den ich später noch treffe, den macht das ganz kirre.«

»Wer soll das sein? Ein Fußfetischist?«

»Das, mein Jungchen, ist wohl eher ein Thema für Erwachsene. Also, lass mal sehen. Vielleicht eröffnet man den Feldzug erst einmal mit einigen wohlplatzierten Gerüchten.«

Gesine lächelte unschuldig.

Gerüchte? Ein Wort wie Musik.

»An was für Gerüchte denkst du da denn so?«

»Na ja, an so Gerüchte halt, die zum einen des Kollegen fachliche Kompetenz in Zweifel ziehen. Zum anderen aber auch solche, die den Menschen Ramcke in ein unvorteilhaftes Licht rücken.«

»Nur weiter so, meine allerliebste Gesine, nur weiter so.«

Bestens gelaunt nahm Philipp einen Schluck Rotwein.

Gesine rührte mit dem Pinsel im Fläschchen.

»Ein weiteres, geradezu klassisches Instrument wäre etwa die Sabotage.«

»Sabotage? Superidee, also wirklich … Was schwebt dir denn da so vor?«

Philipp beugte sich vor.

»Soll ich vielleicht an Ramckes Rennrad eine Autobombe anbringen?«

»Scherzkeks. Lass dir gefälligst was einfallen.«

Philipp lehnte sich in den Sessel zurück.

»Neben der gezielten Beschädigung des Gegners«, fuhr Gesine ungerührt fort, »gibt es natürlich noch die Strategie der Verbesserung der eigenen Position.«

Philipp nickte seiner schönsten Kollegin zu, die sich auf einen weiteren Nagel konzentrierte.

»Du könntest vielleicht Schulaktionen starten, Projekte anleiern, so Zeugs, das Vorgesetzten und Kollegen imponiert. Als da wären: Arbeitsgemeinschaften anbieten, verstärkt auf Schülerwünsche eingehen, insbesondere die Mädchen fördern, mal überdurchschnittliches Engagement zeigen, Nachmittagsveranstaltungen in der Schulbibliothek, so was in der Art.«

»Engagement? Du kennst kein Erbarmen.«

»Als letztes Mittel verbliebe noch die Möglichkeit, Alliierte zu suchen, Verbündete, die deine Pläne unterstützen, Freunde, die dir helfen, oder auch solche, die dabei ihren eigenen Vorteil im Blick haben.«

Während Gesine sorgfältig weiterpinselte, ging Philipp in Gedanken die Kollegen durch. Ramcke und dessen Spezi Fredy Braitbach waren seine Gegner, das war klar. Hatte Ramcke auch Feinde, die er einspannen könnte? Momentan standen im Kollegium die Zeichen, und das nicht erst seit der ausgelassenen Weihnachtsfeier, eher auf Harmonie.

Da war wahrscheinlich nichts zu machen. Diesen Kampf würde er, zumindest fürs Erste, alleine führen müssen.

»Was hat denn der Ramcke dieses Jahr für einen Leistungskurs?«

»Geschichte natürlich, wieso?«

»Ach, nur so«, meinte Gesine.

Ihr Blick nahm zuerst fünf perlmuttfarbene Fußnägel und sodann Philipp ins Visier.

»Sag mal, mein Lieber, bist du am Ende etwa selber hinter der Jungschen her?«

Philipp fiel der Morgen ein. Er war ins Lehrerzimmer gegangen, um den Vertretungsplan zu kontrollieren. Sie hatte urplötzlich neben ihm gestanden und ebenfalls den Plan studiert. Er hatte sie für wenige Augenblicke im Profil betrachten können. Sie hatte ihn an jemanden erinnert, ohne dass er gewusst hätte, an wen. Für einen Moment hatte er etwas nicht genau Bestimmbares gefühlt.

Philipp stellte sein Glas ab.

»Nein, das nun wirklich nicht. Obwohl, wahrscheinlich wäre ich nicht völlig chancenlos. Aber dieser elende Penner, der soll sie eben auf gar keinen Fall kriegen, der nicht. Außerdem habe ich mit ihm noch eine Rechnung offen.«

»Aha, verstehe, verstehe, es ist also der Stolz, der verletzte männliche Stolz, die Sache mit der Fachleitung. Aber gesetzt den Fall, es erwischte Ramcke, mal so rein hypothetisch, und du wärst der neue Fachleiter, würde man dann die Ausbildung der Referendarin nicht dir übertragen?«

»Schon möglich, schon möglich.«

Gesine nickte und die beiden schauten sich in die Augen.

Philipp stand auf und ging zum Fenster.

Das war doch schon mal ein Ansatz.

Draußen schneite es schon seit Stunden ununterbrochen. Er schaute in den Vorgarten hinunter. Unter dem Schnee verschwanden die Dinge, als hätte es sie nie gegeben.

* * *

»Und das hier, Frau Falter, ist der Archivraum mit unserem Kopierer. Er steht Ihnen selbstverständlich auch zur Verfügung. Falls es da mal Probleme geben sollte, wenden Sie sich einfach an mich. Ich bringe das dann schon in Ordnung für Sie.«

Miriam Falter bedankte sich und lächelte Dieter Ramcke an.

»Und außerdem sehen Sie hier das Regal mit den Klausuren. Der Herr Willms und der Herr Erdmann stehen direkt davor und hinterlegen wohl gerade ihre Aufgaben.«

Philipp und Erdmann drehten sich um. Philipp nickte und grüßte.

»Falls Sie sich darüber wundern, Frau Falter, die Kolleginnen und Kollegen müssen ihre Klausuren immer drei Tage vor dem eigentlichen Prüfungstermin hinterlegen.«

»Wieso? Traut man ihnen nicht?«

»Nein, nein, aber am Tage der Klausur hat man vielleicht in einem anderen Kurs Unterricht oder ist womöglich krank oder anderweitig verhindert. Dann verteilen die Aufsicht führenden Kollegen einfach die Aufgaben an die Schüler. So, dann wollen wir mal fortfahren mit der Besichtigung unserer Anstalt.«

Dieter Ramcke und Miriam Falter verließen den Archivraum, wenige Augenblicke später folgte ihnen Erdmann.

Philipp wartete kurz ab, dann begab er sich zum Schrank. Schließlich fand er, wonach er suchte: Ramckes Klausur für die 13. Klasse, seinen Leistungskurs Geschichte. Thema: Das Germanenbild der Römer – historische Wahrheit oder politische Propaganda?

Gesine hatte ihm aufgetragen, ihr Ramckes Aufgabenstellung zu besorgen. Was um alles in der Welt wollte sie damit bloß anfangen?

Da wurde die Tür geöffnet und bevor Philipp die Klausur zurücklegen konnte, trat Heribert Karst ein. Er sah sich um, schien Philipp zunächst nicht zu sehen, blieb einen Moment wie weggetreten stehen, schien Philipp plötzlich doch wahrzunehmen, öffnete bereits leicht den Mund, schien etwas sagen zu wollen – drehte dann aber ab und verschwand ebenso plötzlich wieder, wie er aufgetaucht war.

Philipp kopierte Ramckes Aufgabenblatt, legte das Original zurück ins Regal, steckte die Kopie in seine Tasche und ging in seinen Unterricht. Seine 7d wartete auf ihn. Der Dreißigjährige Krieg war zu führen, das Heilige Römische Reich Deutscher Nation in Schutt und Asche zu legen.

* * *

»Guten Morgen, Frau Maasbach. Wie geht's?«

»Guten Morgen, Herr Willms, prima«, antwortete die Sekretärin, von der jeder wusste, dass sie mit zwei jüngeren Männern zusammenlebte. Daniela Maasbach, spitzbübisches Lächeln, Sommersprossen, übereinandergeschlagene Beine, rührte in ihrem Joghurtbecher.

»Und selbst?«

In ihrem Blick lag Spottlust.

»Geht so. Chef da?«

»Hat gerade eine Besprechung. Einen kleinen Moment bitte.« Sie wies mit dem Löffel auf die Sitzecke am Fenster.

»Sicher.«

Philipp setze sich an den kleinen Tisch im Sekretariat und blätterte in einer bunten Zeitschrift, in der jungen Menschen unvergessliche Tage als Austauschschüler in den kargen Wüsteneien Arizonas versprochen wurden. Dann öffnete sich die Tür zum Büro des Direktors und heraus trat: die neue Kollegin. Philipp winkte ihr zu, sie winkte zurück und mit einem »Schönen Tag noch« verließ sie das Sekretariat. Na also, dachte Philipp, offensichtlich muss sich Miriam Falter schon Rat beim Direktor holen, da der Kollege Ramcke so einiges nicht geregelt bekommt. Oder hatte sie Weyhrauch bereits gebeten, ihr einen anderen Betreuer zur Seite zu stellen?

Er klopfte an die Tür, hörte ein »Herein, bitte« und betrat das Büro. Weyhrauch saß sichtlich entspannt an seinem Schreibtisch, erhob sich kurz, um Philipp die Hand zu geben und bat ihn, doch Platz zu nehmen. Philipp setzte sich auf einen der Stühle vor Weyhrauchs Schreibtisch.

Sein Blick blieb wie immer an dem großen Photo Porfirio Rubirosas hängen, das sich über dem Kopf des Direktors an der Wand befand. Der berühmteste Latinlover und erfolgreichste Playboy der Weltgeschichte schien nur ein mitleidiges Lächeln für die Herren Kultusminister und Bundespräsidenten übrig zu haben, die von der gegenüberliegenden Wand misstrauisch zu ihm hinüberäugten.

Philipp blickte seinem Gegenüber in die Augen. Weyhrauch war eine Legende, denn er hatte vor ein paar Jahren nach einer Informationsveranstaltung des Ministeriums die Gleichstellungsbeauftragte (!) des Landes (!!) flachgelegt (!!!). Am Weltfrauentag (!!!!).

Herr Direktor Weyhrauch rückte kurz seine selbstgebundene Seidenfliege (Turnbull & Asser) zurecht, betrachtete zufrieden seine glänzenden, rahmengenähten Schuhe (John Lobb) und fuhr kurz mit der Fingerkuppe seines rechten Zeigefingers über den Manschettenknopf (Longmire) an seinem linken Hemdärmel.

»Ja, Herr Willms, was führt Sie zu mir? Ich hoffe, ich diene lediglich als Vorwand für ein kleines neckisches Gespräch mit Frau Maasbach?«

»Äh, nein, nein, ich …«

»Wie schade. Das wird unsere Frau Maasbach aber nicht

gern hören, wenn ich ihr diesen betrüblichen Umstand hinterbringe. Finden Sie denn Frau Maasbach nicht attraktiv?«

»Doch, doch, eine überaus attraktive Frau«, versicherte Philipp.

»Das will ich wohl meinen. Klasse Figur, nicht?«

Weyhrauch schloss und öffnete sein rechtes Auge.

»Zweifellos, erste Sahne, also die würde wohl keiner von der Bettkante stoßen, wenn er die mal so richtig durch …«, setzte Philipp an.

»Vorsicht, Herr Willms, keine chauvinistischen Äußerungen in meinem Büro! Ich muss doch sehr bitten.«

»Oh, entschuldigen Sie bitte, Herr Direktor, so war das ja nun nicht gemeint«, stammelte Philipp.

»Das ist aber sehr schade«, meinte Frau Maasbach, die, von Philipp unbemerkt, während des Gesprächs an der Tür gestanden hatte und nun erst das Büro verließ.

Die Tür fiel hinter ihr ins Schloss.

Weyhrauch grinste ihn an.

Diese Runde ging, das war keine Frage, an Maasbach und Weyhrauch.

»Äh, ja, also, wie ich dieser Tage schon einmal angedeutet habe, würde ich gern an einem Nachmittag in der Woche einen Kurs in ›creative writing‹ für Schüler der Oberstufe anbieten.«

Das Gesicht des Direktors sah plötzlich besorgt aus.

»Kreatives Schreiben. Du meine Güte! Haben Sie sich das auch gut überlegt? Heutzutage halten sich die Leute ja schon für kreativ, wenn sie mal die Möbel umstellen oder einen Pullover stricken.«

»Ich weiß, ich weiß, trotzdem möchte ich versuchen, die Schüler über einen solchen Kurs an das Kulturgut Buch heranzuführen und sie schlussendlich für die großen Werke der Weltliteratur zu begeistern.« Das Gesicht des Direktors nahm einen noch besorgteren Ausdruck an.

»Ach, du großer Gott, mein lieber Herr Willms, Literatur ist doch seit jeher etwas für eine Minderheit gewesen. Dies wird auch immer so bleiben. Zum Glück, wenn Sie mich fragen, zum Glück!« Weyhrauch wackelte mit dem Zeigefinger in Richtung Philipp.

»Belästigen Sie doch die jungen Menschen nicht mit der Literatur, lassen Sie sie doch zufrieden auf ihren multimedialen Wiesen weiden und glücklich als Wiederkäuer vor sich hinleben.«

»Aber, Herr Weyhrauch, ich bitte Sie, Literatur ist doch etwas, das unbedingt zum Leben dazugehört, etwas, das notwendig, ja geradezu existenziell ...«

Weyhrauch nahm eine Nelke aus dem Revers seiner Anderson & Sheppard-Anzugjacke, rollte deren Stengel zwischen seinen feingliedrigen Fingern einige Male hin und her und führte die Blüte sacht zu seinen leicht bebenden Nasenflügeln.

»Mein lieber Herr Willms. Menschen, die Werke existenziellen Charakters suchen, sollten Kochbücher lesen.« Er steckte die Nelke zurück an das Revers.

»Aber ich werde Ihnen keine Steine in den Weg legen. Solange Sie von mir nicht verlangen, dass ich die Früchte Ihrer Arbeit auch noch lesen muss, bitte.«

»Vielen Dank, Herr Weyhrauch.«

»Gern geschehen, aber ich warne Sie. Sollte da irgendwas schief laufen, mache ich Sie zum Betreuer unserer beiden vorbestraften Sorgenkinder.«

Philipp schluckte.

»Das ist doch ein Scherz, oder?«

Weyhrauch wies zur Tür.

»Keineswegs, und viel Spaß noch mit Ihrem ›Kulturgut Buch‹.«

Als Philipp das Büro verließ, hörte er das laute Lachen Weyhrauchs und sah Frau Maasbach quietschvergnügt in den Telefonhörer tuscheln. Er dachte an den Spaß, den sie sich mit ihm gemacht hatten.

Von den beiden konnte man lernen.

* * *

Pascal Mangold, 13. Klasse, Geschichte-Leistungskurs, ein guter Schüler, solider Zweierkandidat, saß an seinem Tisch und wunderte sich.

Immerhin, eine Leistungskursklausur war zu schreiben. Ein wichtiger Teil seiner Abiturnote und damit auch seiner Zukunft. Er war selbstverständlich gründlich vorbereitet, wusste alles über Hermann den Cherusker, die Schlacht im Teutoburger Wald, über Tacitus, sein Leben und seine Werke, insbesondere dessen *Germania* hatte er aufmerksam studiert.

Aber hier stimmte etwas nicht. Sein Geschichtslehrer war nicht da. Nicht weiter überraschend, denn Ramcke hatte angekündigt, am Tag der Klausur aufgrund einer Fortbildung verhindert zu sein. An seiner Stelle hatte Frau Rothenberg, freundlich wie immer, die Unterlagen verteilt. Frau Rothenberg saß nun vorne am Pult und führte die Aufsicht. Soweit schien alles normal. Aber der Text und die Aufgaben. Er schaute noch einmal, sich vergewissernd, auf das Blatt.

Im Jahre 9 n. Chr. gelang es Arminius (bzw. Hermann dem Cherusker), Varus zu täuschen. Bei Kerzenschein im Zelte des

Römers sitzend, machte er den feisten Statthalter glauben, dass die Gelegenheit zur Niederwerfung der germanischen Stämme nun günstig sei, da diese erschöpft seien von einem erfolgreichen, blutdurchtränkten Sommer. Varus war sofort überzeugt, träumte von einem grandiosen Umzug durch Rom. Er ließ vom besten Wein kommen.

Bereits in der folgenden, mondlosen Nacht traf sich Arminius mit den germanischen Edlen am Rande einer Waldlichtung unter einer gewaltigen Eiche. Diesen hinterbrachte er Folgendes:

Varus beabsichtige mit der 17., 18. und 19. Legion, einigen Kohorten und seiner Reiterei über die A2 bis zur Weser vorzustoßen, um Germanien endgültig zu erobern. Am Teutoburger Wald jedoch, in der Nähe der Autobahnraststätte Kalkriese, gebe es zurzeit eine verengte Fahrbahnführung wegen einer Baustelle, ein idealer Ort zum Zuschlagen. Dort wären die Römer hilflos, könnten auf der Standspur ihre Schlachtordnung nicht einnehmen.

Tangristmund, Fürst der Tubanten, und Ingognir, Fürst der Usipeter, aber schwankten, meldeten Bedenken an. Tangristmund (genannt »der Schädelspalter«) verwies auf den Wert menschlichen Lebens, Ingognir (genannt »der Erbarmungslose«) auf die moralische Fragwürdigkeit eines Erstschlags.

Da spielte Arminius seinen Trumpf aus: Er behauptete, dass Varus nicht nur die Einführung genmanipulierter Hirse plane, sondern dass dessen Legionen bereits die Krötenpfade zertrampelt hätten, welche die germanische Jugend zwischen Rhein und Weser angelegt hatte, als Nächstes wären die Biotope für den Teichrohrsänger und das scheue Tüpfelsumpfhuhn dran.

Das gab den Ausschlag.

Tangristmund und Ingognir hoben Schwert und Schild

und mit dem Ruf »Für ein grünes Germanien« zog man los. (...)

In einem dreitägigen Blutbad erschlugen die Germanen die drei Legionen nebst allen Hilfskräften, Varus starb durch eigene Hand; nur wenige Römer entkamen, an ihren Gliedern zitternd, für immer traumatisiert.

Aus: Publius Cornelius Tinnitus »Germania«. VI. 1–1

Aufgabe:

Nehmen Sie anhand der Quelle zu folgender These Stellung: Heute wäre Hermann der Cherusker Vorsitzender der Partei Bündnis 90/Die Grünen.

Mangold war unsicher. Vielleicht sollte er nachfragen? Er schaute wieder auf. Einige der anderen schienen genauso zu denken, schauten fragend zu ihm herüber. Frau Rothenberg saß am Pult, in ein Buch vertieft. Sicher, die Rothenberg, die war nett, kein Zweifel, allerdings, was sollte sie schon sagen, war schließlich nicht ihr Kurs. Weitere Komplikationen wären wohl die Folge.

Am besten war es, jeglichen Ärger zu vermeiden. Er nickte den anderen zu. Pascal Mangold begann zu schreiben. Die Gruppe folgte seinem Beispiel.

Seiten füllten sich.

* * *

An einem Freitagabend, Ende Januar, nur wenige Tage vor den Winterferien, klingelte Philipps Telefon.

»Störe ich, alter Mann?«

»Aber nein, Gesine, gar nicht.«

»Was machst du denn gerade?«

»Ich repariere gerade meinen Rollator, bin ohne das Ding ja praktisch hilflos.«

»Schraub noch ein paar Lampen dran, Philipp, dann kannst du auch am Abend noch vor die Tür. Hast du schon das neueste Gerücht gehört?«

»Nee, Gesine, habe ich noch nicht. Wovon habe ich denn noch nicht gehört?«

»Ramcke soll Ärger haben. Irgendwas mit seiner Klausur.«

»Tatsächlich? Das ist ja wunderbar.«

»Ich hoffe, du weißt, wem du das zu verdanken hast.«

»Naturalmente, bella, naturalmente.«

»Na, lass man, schon gut. Mal was anderes. Wie sieht's denn aus bei dir fürs Wochenende?«

»Ein paar Arbeiten sind schon noch zu korrigieren. In der Küche steht auch noch der Abwasch rum. Warte mal, am Samstagabend gehe ich zu einer Vernissage, kenne den Künstler flüchtig, malt so wildes Zeugs, nicht berauschend, soll aber recht passablen Rotwein geben. Willst du mit?«

»Auf eine Vernissage? Na, vielen Dank, kein Interesse, da hocken doch nur Kulturheinis zusammen, ganz in Schwarz, wie die Krähen im Baum. Nein, nein, da bitte ich doch lieber meine gleichgeschlechtlich gestimmte Nachbarin herüber. Am besten mit ihrer besten Freundin im Schlepptau, die ihrerseits gelegentlich für Reizwäsche zu modeln pflegt. Dann kommt es gemeinhin zu Handlungen, die dich zwar, mon cher Philipp, nichts angehen, für die du aber in anderen Zusammenhängen, das ist gewiss, viel Geld zahlen würdest.«

…

»Philipp? Philipp? Bist du noch dran?«

Philipp erkundigte sich nach Gesines Abwasch.

»Der steht die Woche über in der Küche. Um den mache ich mir so gar keine Gedanken, der wird meist montags von meinem Nachbarn erledigt.«

»Ah, der Fußfetischist?«

»Frechdachs. Nein, es handelt sich um einen stets freundlichen, eher distanzierten Klavierstimmer mit tadellosen Manieren. Der feine Herr tritt sozusagen in Vorleistung. Das Ganze für ein graziles Lächeln von mir und in der vagen Hoffnung auf so gänzlich undamenhaftes Verhalten meinerseits in einer nicht allzu fernen Nacht.«

Anschließend beendeten sie (beziehungsweise doch eher Philipp) das Gespräch.

Philipp grinste.

So, so, da hat ein Kollege ein Problem, wer hätte das gedacht: Nach einem frühen Gegentor liegt der gute Ramcke bereits mit 0 : 1 hinten.

Das galt es entsprechend zu würdigen. Philipp begab sich zu seinem Weinklimagerät.

* * *

Philipp saß in seinem Geschichtskurs des 12. Jahrgangs und führte Aufsicht. Siebenundzwanzig Schüler schrieben zum Thema: »Der Reichskanzler Otto von Bismarck – Revolutionär oder Reaktionär?«

Er würde das Ganze zu lesen haben, in exakt siebenundzwanzig Versionen.

Bismarck war zweifellos ein reaktionärer Revolutionär, da seine Außenpolitik … Bismarck war einfach ein schlechter Mensch, wie der die Arbeiter … Insgesamt würde ich Bismarck als wertkonservativen Anarchisten einstufen wollen, schließlich …

Philipp schaute auf seine rechte Hand, auf die Nahtstelle zwischen Zeige- und Mittelfinger. War da nicht deutlich ein roter Punkt zu erkennen? Ein Punkt, der sich dort, da war er sich ganz sicher, am Vortag noch nicht befunden hatte? Bildeten sich bereits prall mit giftig-gelbem Eiter gefüllte Blasen, schließlich sodann der lange befürchtete, letale Ausschlag? Er begann vorsichtig, sich an der Stelle zu kratzen.

Sein Blick fiel auf die weißgetünchte Wand …

Ausstellungseröffnung in einer Kunstgalerie. An den blütenweißen Wänden nur wenige Bilder, im Raum verteilt mehrere Installationen: rostige Stacheldrahtgeflechte, um Fernsehgeräte gewickelt. Auf den Bildschirmen pornographische Filme im Schnelldurchlauf. Um einen kleinen Tisch herum steht ein halbes Dutzend schwarz gekleideter Besucher. Man unterhält sich in dezentem Tonfall. Philipp und Miriam Falter im Gespräch.

Philipp: »Und hier wird die Absicht des Künstlers nunmehr offenbar. Es geht ihm sowohl um Kritik an der medialen Herabwürdigung des weiblichen Körpers als auch um die subtile Demaskierung der Interessen der deutschen drahtverarbeitenden Industrie.«

Miriam *(bewundernd)*: »Was Sie alles wissen. Und verstehen.«

Philipp: »Nun ja, sehen Sie, hermeneutisch gesehen sind Installationen ja …«

Ramcke (mit einem bunten Trainingsanzug bekleidet) stürmt grölend herein, wirft dabei eines der Geflechte über den Haufen.

Ramcke *(laut)*: »Installationen, kenn ich mich aus mit, weiß ich Bescheid, null Problemo, mein Bruder ist schließlich Installateur. Und hier erst, in der Ecke, das Ding mit den vielen Rohren, echt super.«

Philipp: »Das ist keine Installation. Das ist die Heizung.«

Miriam kichert und stellt sich näher zu Philipp.

Ramcke *(rülpst)*: »Seht nur, auch auf dem glatten Parkett der Kunst weiß ich mich wohl zu bewegen.«

Ramcke *(rutscht auf Bananenschale aus)*: »Zu Hilfe!«

Philipp: »Die Deutschen wundern sich ja gemeinhin über ihren Ruf als ungelenke Tölpel. Darüber allerdings wundere ich mich dann wieder.«

Ramcke: »Wie, was?«

Philipp *(verdreht die Augen, schaut dann zu ihr herüber)*: »Darf ich bitten?«

Miriam *(nimmt zärtlich seinen Arm)*: »Aber gern.«

Gemeinsam langsam ab, engumschlungen.

Die schwarz gekleideten Besucher stellen sich im Halbkreis um Ramcke herum auf und lachen ihn aus. Dann plötzlich alle ab.

Ramcke bleibt alleine auf der Bühne zurück. Er beginnt zu weinen.

Ein Etui fiel zu Boden.

Philipp ging zu der Schülerin und hob bunte Stifte, Geodreieck und Lineal auf. Die Schülerin bat ihn, das Fenster zu schließen, da es ihr mittlerweile zu kühl geworden sei. Philipp nickte, kam ihrer Bitte nach und sah, die Hand am Fenstergriff, Ramcke, der, vom Parkplatz her kommend, den Schulhof überquerte.

Plötzlich blieb Ramcke stehen, drehte sich zur Seite und hob den Kopf. Er sah Philipp und winkte ihm zu. Philipp, ganz der loyale zweite Mann, die treue Seele, winkte zurück. Ramcke lächelte und ging weiter.

Eine Schülergruppe, auf die er zusteuerte, stob in Panik auseinander. Ramcke, den Kopf leicht gesenkt, setzte seinen schnurgeraden Weg fort, mitten durch den sich auflösenden Pulk, der sich nur zögerlich wieder zusammenfand, nachdem Ramckes mächtige Gestalt bereits im Hauptgebäude verschwunden war.

* * *

Große Konferenz.

Erster Tagesordnungspunkt:

Antrag auf Fortführung des Projekts: Integration durch Täter-Opfer-Kontakt mit den Jugendlichen Siegfried Rogalla und Eckbert Ziegler.

Antrag geht glatt durch bei zwei Gegenstimmen (Ramcke und Braitbach).

Zweiter Tagesordnungspunkt: Antrag auf Neubenennung des Altsprachlichen Gymnasiums am Wilhelmshain. Diese nichtssagende Bezeichnung müsse ersetzt werden durch einen Namen, der für etwas stehe und den Geist der Schule widerspiegele.

Zwei Fraktionen bekämpften sich. Das liberale Lager favorisierte Eleonore von Aquitanien. Es sei längst überfällig, auch Gymnasien verstärkt nach Frauen zu benennen.

Das konservative Lager schlug Alexander Freiherr von Humboldt vor. In der Diskussion wurden nur die allerschwersten Geschütze aufgefahren.

Die Wortführerin des ersten Lagers, die Kollegin Rothenberg, bestand darauf, wenn schon nicht Eleonores, so doch aber den Namen einer Frau zu wählen, die sich in ihrem vorbildhaften Leben von unten nach oben hochgearbeitet, in einem von Männern dominierten Gebiet durchgesetzt, ihre Entscheidungen selbstständig getroffen und, wie sie es charakterisierte, »ihr eigenes Ding durchgezogen habe«.

Für einen Moment herrschte völlige Stille im Lehrerzimmer. Da hob Gesine ihren Arm und unterbreitete – Philipp zuzwinkernd – ihren Vorschlag: Beate-Uhse-Gymnasium.

Großes Geschrei.

Die Angelegenheit musste im Anschluss vertagt werden.

Übrigens fehlte Hellmann bei der Konferenz wegen einer Bandkapselverletzung am Außenknöchel, zugezogen beim Handballspiel.

3. Kapitel

»Der Herr Direktor lässt bitten, Herr Ramcke.«

»Vielen Dank, Frau Maasbach.«

Dieter Ramcke eilte ins Büro. Weyhrauch sah von seinen Unterlagen auf.

»Ah, Herr Ramcke. Guten Morgen. Setzen Sie sich doch«, sagte Weyhrauch, auf den Stuhl vor seinem Schreibtisch deutend. »Das ist nun wahrlich kein schöner Anlass für ein Gespräch.«

»In der Tat, Herr Weyhrauch. Ich weiß wirklich nicht, wer mir diese Aufgaben untergeschoben hat. Wenn ich den erwische …«

»Na, jetzt beruhigen Sie sich erst einmal. Wie wäre es denn mit einem Glas Sherry?«

Weyhrauch stand auf und entnahm dem Eckschrank eine Flasche nebst zwei Gläsern und goss ein. Die beiden Herren prosteten sich zu.

»Ich möchte bloß wissen, wer dahintersteckt.«

Der baumlange Ramcke war wirklich wütend.

»Das wird sich leider kaum klären lassen, Herr Ramcke, schließlich verfügt jeder von uns Kollegen über einen Schlüssel für den Archivraum, zusätzlich noch der Hausmeister sowie die Reinigungskräfte. Ziemlich viele Verdächtige, meinen Sie nicht auch?«

»Das stimmt, aber nun liegt das Problem bei mir. Ich nehme an, Sie werden mir helfen.«

»Aber selbstverständlich, Herr Ramcke. Jederzeit. Ich stehe ja vollkommen auf Ihrer Seite.«

Er bot Ramcke erneut vom Sherry an, doch der lehnte ab. Weyhrauch schenkte sich selbst nach.

»Vielen Dank schon mal, mein Anliegen ist nun Folgendes: Ich würde gern die Arbeit noch einmal schreiben lassen, diesmal natürlich über einen vernünftigen Text und selbstverständlich mit einer vernünftigen Aufgabenstellung.«

Weyhrauch schaute Ramcke freundlich an und entzündete einen seiner Zigarillos.

»Das wird nicht so einfach zu bewerkstelligen sein, Herr Ramcke, schließlich trifft die Schüler nicht die geringste Schuld. Warum also sollte man sie bestrafen, indem man sie ein erneutes Mal einer Prüfung unterzieht?«

»Also, das ist doch …«

Ramcke fuchtelte mit den Armen.

»Aber was um alles in der Welt soll ich denn machen, die Schülerarbeiten, die Aufgaben, das ist doch alles Unsinn! Wie soll ich denn so etwas bewerten? Was sollen denn die Schüler denken? Könnte man nicht eine Konferenz abhalten, die Schuldigen suchen …«

Weyhrauch lehnte sich in seinen Chefsessel zurück und blies einige Rauchwolken in Richtung Zimmerdecke.

»Also, ich fürchte, ein solches Vorgehen würde der Schule und auch Ihnen, verehrter Kollege, großen Schaden zufügen. Sehen Sie, bis jetzt ist dieser Vorfall lediglich Ihnen, mir und dem Täter bekannt, und den Schülern natürlich, aber die sind wohl weniger an einer Aufklärung als an der Frage der Benotung interessiert, Sie verstehen?«

Ramcke nickte.

»Wie jedoch stünde unsere Schule da, falls dieser Fall an

die Öffentlichkeit gelangte? Eine Schule, an der Schüler des Abiturjahrgangs mit falschen Aufgaben versehen werden. Werden sie im Unterricht etwa ebenfalls mit dem falschen Wissen versorgt? Vom Fachleiter? Und wie sieht es aus mit der korrekten Ausbildung der Referendarin?«

Ramcke wollte protestieren, aber Weyhrauch winkte ab.

»Sie wissen doch, dass einige hiesige Journalisten konservativer Couleur nichts lieber tun würden, als unserer Schule aus parteipolitischen Erwägungen, ich verweise auf unser Experiment mit den schwer erziehbaren Jugendlichen, eins auszuwischen. Der Imageschaden wäre doch nicht mehr zu reparieren. Und wie stünden Sie erst da?«

Farbe wich aus Ramckes Gesicht.

»Dass Sie keine Schuld trifft an diesem bedauerlichen Vorfall, ist allen an dieser Schule Beschäftigten sicherlich klar, aber in welch fahlem Licht erschiene die ganze Angelegenheit wohl in der Presse? An den Stammtischen? Auf den Elternabenden? Ihr Name wird mit diesem Vorfall unauflöslich verbunden bleiben. Und falls Sie laufbahntechnisch noch etwas planen, können Sie solche Unterfangen getrost vergessen.« Er klopfte etwas Asche von seinem Zigarillo.

»Personalakten sind sehr nachtragend.«

Ramcke leerte sein Glas.

»Wenn ich Sie richtig verstehe, Herr Direktor, dann habe ich also in dieser Angelegenheit die Arschkarte gezogen.«

»Na, na, so melodramatisch würde ich es nun gerade nicht ausdrücken wollen, Herr Ramcke.«

Ramcke stand auf.

»Vielen Dank denn auch, Herr Direktor Weyhrauch, für Ihre … Unterstützung.«

»Aber gern geschehen, mein lieber Herr Ramcke, wenn

ich Ihnen wieder einmal helfen kann, scheuen Sie sich nicht, mich umgehend aufzusuchen. Meine Tür steht für Sie immer offen, sperrangelweit.«

* * *

Philipp hatte Gesine noch während seines Studiums eher zufällig kennengelernt. Ein Zimmernachbar im Studentenwohnheim, Thorsten, evangelische Theologie, half zuweilen bei der kirchlichen Telefonseelsorge aus, um mit möglichst vielen Frauen in Kontakt zu kommen. Gelegenheiten boten sich im Rahmen dieser Tätigkeit häufig, denn man konnte sich im Laufe des Gesprächs doch ein ungefähres Bild von den Trostsuchenden verschaffen. Als Berater war er ja praktisch gezwungen, Fragen zu stellen zu Alter, persönlicher Situation und Liebesleben. So gelang es ihm oft, wie er bereitwillig erzählte, sich mit Frauen, die er beraten hatte, zu verabreden und mit einigen von ihnen auch tatsächlich zu schlafen. Nun beabsichtigte Thorsten, an einem Samstagabend an einer kirchlichen Diskussionsveranstaltung zum Thema »Kirche und Glaube an Brasiliens Stränden« teilzunehmen und benötigte umgehend Ersatz. Da Philipp in seiner Schuld stand (Thorsten hatte ihm im vorherigen Semester geholfen, eine Seminararbeit in nur einer Nacht fertigzustellen), sprang er, wenn auch eher unwillig, für ihn ein.

Da saß er an einem frühen Samstagabend in einem nüchtern protestantisch eingerichteten Büro und betrachtete die wenigen Plakate an den Wänden. Diese warben für Bibelabende und Obdachlosenhilfe, kündigten Altkleidersammlungen an oder luden zu Seniorenabenden. Die Anrufer bestanden meist aus selbstmordgefährdeten Teenagern und vereinsamten Frauen um die vierzig.

Ab und zu meldeten sich betrunkene Männer. Philipp verwies sie an eine Sexhotline. Das reichte völlig aus.

Er hörte allen geduldig zu. Wohlmeinende Ratschläge schien so manche Anruferin weder zu erwarten noch zu schätzen, in einigen Fällen sich gar zu verbitten. Dann meldete sich eine Anke, die von ihrem Freund verlassen worden war. Sie hatte seit ihrer Konfirmationszeit einen losen Kontakt zur Kirche bewahrt, was sie nun veranlasst hatte, die Nummer der Seelsorge zu wählen. An ihre beste Freundin konnte sie sich nicht wenden, denn mit dieser hatte ihr Freund sie betrogen. Philipp riet ihr, sich den angestauten Frust von der Seele zu reden. Anke tat dies.

Er vermutete, sie müsse sehr verletzt sein.

Sie bestätigte dies und fügte hinzu, sie habe sich wohl Illusionen hingegegeben, über ihren Freund und die Männer im Allgemeinen.

Er räumte ein, dass es mit der Aufrichtigkeit der Männer nicht weit her sei.

Anke stimmte hundertprozentig zu.

Allerdings gebe es auch ehrliche Männer, darauf wolle er schon bestehen, nicht so viele, aber einige schon, immerhin.

Sie räumte dies – widerwillig, halbherzig, noch zögernd – ein.

Philipp meinte, bei ihm zum Beispiel habe allein schon ihre Stimme ein warmes Gefühl in der Herzgegend ausgelöst.

Anke wiegelte ab.

Philipp schlug ein Treffen vor.

Anke erbat sich Bedenkzeit und rief eine halbe Stunde später zurück.

Sie einigten sich auf einen gemeinsamen Spaziergang. Philipp war bei ihrem ersten Treffen doch sehr überrascht.

Sicher, ihre Frisur ließ an Heimatfilme der Fünfzigerjahre denken und der schwarze Rollkragenpullover in Kombination mit einem blaurotkarierten Rock schien vom letzten katholischen Kirchentag zu stammen. Aber sie war zweifellos hübsch. Ihr Spaziergang endete in einer Konditorei. In der Woche darauf folgten Kino und Restaurant. Dann schon bald gemeinsame Wochenenden. Immerhin knappe vier Monate dauerte diese Beziehung, bis sich Anke plötzlich, eines Samstagabends, sie saßen auf Philipps Sofa und tranken Kaffee, wie aus dem Nichts, jedenfalls aus seiner Sicht, von ihm trennte. Sie teilte ihm mit, ihr Freund habe sich wieder bei ihr gemeldet, sie habe ihm und auch der Freundin nach reiflicher Überlegung verziehen. Sie könnten, wenn er wolle, Freunde bleiben.

Damit stand sie auf und ging.

Als Philipp, noch leicht benommen, ein paar Minuten später bei der Telefonseelsorge anrief, um Thorsten zu fragen, ob er mal wieder aushelfen könne, meldete sich statt Thorsten eine Frau names Gesine am Apparat. Damit hatte Philipp nicht gerechnet. Er war für einige Momente unschlüssig. Ohne es eigentlich zu wollen, erzählte er, dass seine Freundin ihn gerade verlassen hatte.

Gesine erklärte ihm dafür, dass alles nicht so schlimm sei, dass es immer ein Licht am Ende des Tunnels gebe, dass, wenn die Not am größten, die Hilfe am nächsten sei, und dass überhaupt auf jeden Topf ein Deckel passe und er sich einfach übergangsweise ein beruhigendes Hobby zulegen solle. Laubsägearbeiten zum Beispiel lägen retromäßig voll im Trend, seien sozusagen Kult, zum Beispiel in Hinterzimmern angesagter Clubs; falls er aber für den nächsten Tag noch nichts plane, könne man sich treffen.

Sie verabredeten sich für den Sonntagnachmittag. Gesines Mischung aus Selbstbewusstsein und makelloser Oberfläche haute Philipp um. Schon am frühen Abend lag er in Gesines Bett, gehorsam jeden ihrer Wünsche erfüllend.

Am nächsten Morgen bugsierte sie ihn wortlos aus ihrer Wohnung.

Erst vor drei Jahren hatte er sie wiedergetroffen. Weyhrauch hatte sie im Lehrerzimmer zu Beginn des Schuljahres als neue Kollegin vorgestellt.

Gesine hatte ihn ein wenig später, abseits der Kollegen, begrüßt: »Na, mein lieber Philipp, wie geht es dir denn so? Hast dich ja schon lange nicht mehr bei der Telefonseelsorge gemeldet. Laufen dir die Frauen etwa nicht mehr davon?«

Philipp lächelte. Trotz dieser Bemerkung war er stolz, dass Gesine sich nach all den Jahren noch an ihn erinnerte.

Er schaute sie hoffnungsvoll an.

»Kann ich dich wieder anrufen, Gesine? Verbindest du deine Beratung immer noch mit einem praktischen Teil?«

Gesine grinste.

»Vorsicht. Nun mal nicht frech werden. Lass uns lieber einen Kaffee trinken. Oder noch besser zwei Schnäpse, gleich heute Nachmittag.«

Das taten sie denn auch.

Dieser Nachmittag stellte ihre Freundschaft auf eine sehr solide Grundlage. Außerdem, so mutmaßte Philipp, verband sie die gemeinsame Abneigung gegen Kollegen wie Ramcke.

* * *

Gesine betrat das Lehrerzimmer. In der einen Ecke am Fenster saß Philipp, weit entfernt, am entgegengesetzten Ende des Raums Braitbach mit einem Kollegen namens Rotteck, den sie kaum kannte. Gesine ging zur Kaffeemaschine, schenkte sich eine Tasse ein und nahm sich einen Keks. Dann setzte sie sich zu Philipp. Sie rührte in ihrem Kaffee.

»Hallo Phillipp, hast du übrigens bemerkt, dass sich Ramcke verändert?«

Philipp schaute zu Gesine herüber.

»Tatsächlich, wie meinst du das denn?«

»Na, früher roch er eher nach Turnhalle und Umkleidekabine.«

»Und heute?«

Gesine tunkte den Keks in ihren Kaffee.

»Duftet der Herr nach Sandelholz, Moschus und Ambra.«

Sie biss in den Keks.

»Uns jungen Dingern fällt sowas natürlich sofort auf.«

Philipp nickte.

»Gut zu wissen.«

»Ja, nicht wahr? Tschüs dann.«

Gesine stellte ihre Kaffeetasse ab, nahm noch einen Keks und verließ das Lehrerzimmer.

Philipp sah ihr hinterher.

Gesine schien sich für die ganze Angelegenheit mehr und mehr zu interessieren. Ob sie spürte, dass ihr eine Jüngere den Rang als Schönste des Hauses streitig machen könnte? Musste er mal drüber nachdenken. Kollege Ramcke jedenfalls, das stand fest, war noch lange nicht geschlagen.

Es klingelte und er stand auf. Seine 7d erwartete ihn. Der Dreißigjährige Krieg hatte sie erwartungsgemäß gelangweilt. Warum sollte sich ein vierzehnjähriger Mensch auch für die Blutbäder vergangener Jahrhunderte interessieren? Philipp nahm es ihnen nicht übel.

Einem plötzlichen Einfall folgend, und um der eigenen Langeweile zu entgehen, hatte er für eine Stunde einen Urahn ersonnen, aus dessen (erfundenem) Tagebuch er vorgelesen hatte. Das kam gut an. Plötzlich war Ruhe. Man hörte ihm zu. In der folgenden Stunde verlangten die Schüler nach mehr. Philipp blieb keine andere Wahl, als das Tagebuch fortzuführen. Immer größeren Raum nahmen die Abenteuer dieses Mitglieds der Familie Willms ein. Es war seine einzige Möglichkeit, die Schüler bei der Stange zu halten.

Philipps Ahnherr, Seigneur Melchior Trutz von Pufenhain, war glücklicherweise, wie sich sehr bald herausgestellt hatte, sowohl ein Augenzeuge des Prager Fenstersturzes als auch ein persönlicher Bekannter des berühmten Feldherrn Albrecht von Wallenstein. In der heutigen Stunde würde er inmitten eines Haufens narbenbedeckter Glücksritter im Mai 1632 durch ein gebrandschatztes Magdeburg ziehen, putzmunter marodierend.

* * *

Dieter Ramcke sah auf seine gepackte Sporttasche, die neben seinem Schreibtisch lag. Was würde er darum geben, jetzt mit seinen Freunden im Hallenbad zu sein. Nach dem Spiel war er immer müde, vollkommen leer und rundum glücklich. Außerdem stand am Wochenende eine enorm wichtige Begegnung an. Wenn sie die für sich entscheiden könnten, wäre sogar der zweite Platz in der Oberliga drin. Da musste unbedingt noch trainiert, mussten taktische Finessen einstudiert werden. Sollte er vielleicht doch noch losfahren? Rasch überschlug er die wahrscheinliche Verspätung und ob sich die Fahrt denn überhaupt lohnen würde. Wenn er sich sofort auf den Weg machte … Doch die Selbstbeherrschung siegte. Sein Blick wanderte zurück auf die Stapel unkorrigierter Aufsätze, Klassenarbeiten und Oberstufenklausuren, die auf seinem Schreibtisch lagen. Wie viel

Lebenszeit ihn das wieder kosten würde, unwiederbringlich verlorene Stunden. Missmutig nahm er die erste Klausur vom Stapel, hielt dann aber inne.

Outsourcing, dachte er plötzlich, das wäre die Lösung.

Dass er darauf nicht eher gekommen war. Outsourcing.

Wie schön es doch wäre, wenn es in Deutschland keinen Sozialstaat, aber dafür ein echtes Akademikerproletariat gäbe. Nicht diese Pseudoarmen, die sich mit Hartz IV und Schwarzarbeit ein schönes Leben machten, im Sommer auf besonnten Wiesen lagen und im Winter den Frühfrost im Bett verschliefen.

Nein, nicht die, sondern so ein echtes Proletariat, das fernab von Heizkostenübernahme und Umzugskostenerstattungspauschalen in dunklen Hinterhöfen hauste. Wie unglaublich schön das wäre. Er musste unwillkürlich lächeln. Im Morgenrot käme er im Auftrag der Schule in seinem Pickup-Truck angefahren, um ein paar gespensterhaft abgemagerte Gestalten aufzuladen. Aus den schmuddeligen Ecken kröchen sie heran, scheue, von leeren Mägen angetriebene Kreaturen: fast verhungerte Germanistinnen oder halb erfrorene Mathematiker, Dreck unter den Fingernägeln, aus dem Maul stinkend, zerrissene Kleidungsfetzen über dünn gewordenen Gliedmaßen. Verzweifelte, die ihm für einen Schnaps und eine warme Mahlzeit die Korrekturen erledigen würden. Dankbar säßen sie nach getaner Arbeit in einer Ecke der Schulkantine, einen Teller heiße Bohnensuppe bestaunend. Doch die Vision ungetrübten Glücks hielt nicht lange vor. Schon war er zurück in der harten, kantigen Wirklichkeit, saß er an einem Schreibtisch mit riesigen Stapeln zu korrigierender Arbeiten. Sehr, sehr bedauerlich, dieses ganze soziale Zeugs. Schwer arbeitende Menschen wie er hatten den Sozialstaat auszubaden.

Er wandte sich wieder der Arbeit zu und las:

Ganz deutlich wird in dieser Quelle, dass Arminius und die Germanen nicht nur Freiheitskämpfer, sondern auch schon frühe Grüne waren. Das finde ich gut. Außerdem wenden die Cherusker und Trabanten zum Schutz der Natur Gewalt an. Sicher, etwas fragwürdig, aber, auf der anderen Seite, der Wald war gerettet vor den Italienern. Auch was wert. Typisch in seinem Verhalten erscheint der impulsive Varus, bis heute ist der Italiener ja bekannt für …

Dieter Ramcke hielt es nicht länger aus und warf die Schülerarbeit auf den Schreibtisch. Er schaute auf den Stapel noch zu lesender Arbeiten, fluchte und flüchtete in die Küche.

»Ärger?«, fragte Marianne Ramcke, von ihrem Journal aufschauend.

»Kann man wohl sagen.«

»Die getürkte Klausur?«

»Genau! Schreiben den letzten Mist und ich muss den Pennern noch passable Noten geben.«

Er füllte zwei Löffel Maximum Zellvoluminizer (Kreatin in *Kreagenic*-Qualität zum Muskelaufbau) in ein Glas, das er mit Wasser auffüllte.

»Ist doch egal, meine Güte, sind eben dann alle happy, deine lieben Schülerlein.«

Ramcke jagte sich einen gewaltigen Schluck Protein-Isolat und Protein-Hydrolysat in den Körper.

»Du hast leicht reden, Marianne. Musst ja den Blödsinn nicht in der Schule verhandeln.«

Marianne Ramcke legte ihr Journal auf den Tisch und stand auf.

»Stimmt. Ich habe ja lediglich zwei pubertierende Irre zu erziehen. Einer von denen, Steven mit Namen, wenn du dich erinnern magst, der Rapper mit der Goldkette und den Monsterturnschuhen, glaubt, später als singender Zuhälter ein krisenfestes Auskommen zu finden. Der andere schreibt, anstatt Vokabeln zu lernen, lieber Gedichte gegen die Globalisierung. Ach ja, fast hätte ich das vergessen: Den Haushalt schmeiß ich ja auch noch. Ich glaube, ich werde gleich morgen auf Arbeitssuche gehen, denn ich halte dieses Nichtstun kaum mehr aus. Ich wünsche dem Herrn Oberstudienrat noch eine angenehme Nachtruhe.«

»Marianne, jetzt warte doch, meine Herren, so war das doch nicht …«

Doch sie war schon verschwunden. Da war nun nichts mehr zu machen. Er kannte Marianne zu gut. Geschlechtsverkehr konnte er sich für heute Nacht abschminken. Sicher, Steven war in letzter Zeit etwas merkwürdig. Was hatte er eigentlich mit fünfzehn oder siebzehn für Ziele gehabt? Mit fünfzehn: Jongleur in den Gassen vom Quartier Latin. Mit siebzehn: unbedingt seine Unschuld verlieren, egal mit wem. Na ja, fast egal. Die Pubertät sollte, wie Brandstiftung und Bilanzfälschung, unter Strafe gestellt werden.

Dieter Ramcke leerte das Glas. Jetzt hieß es Ruhe bewahren und nachdenken. Die ganze Sache mit der Klausur sah nach einem abgekarteten Spiel aus. Wer konnte nur ein Interesse an so etwas haben? Sicher, Weyhrauch hatte ihn hängen lassen. Das war klar und nicht weiter überraschend, doch der steckte sicher nicht dahinter.

Sein Blick fiel auf zwei bunt verpackte Sportriegel. Genau das Richtige: Kohlehydrate, Fette, Eiweiß, das war nie verkehrt.

Wer aber wollte ihm dann ans Bein pinkeln? Wer am Altsprachlichen Gymnasium am Wilhelmshain war sein Feind? Meistens kam er doch mit den Kollegen aus! Sicherlich, im

Kollegium waren Konflikte nicht zu umgehen, die Rothenberg war prinzipiell und immer gegen ihn, aber das waren doch faire Auseinandersetzungen, man war halt in Sachfragen unterschiedlicher Auffassung.

Moment, Moment, vielleicht hatte es mit der Fachschaftsleitung zu tun? Er hatte Karst vor den Weihnachtsferien aufgelauert und den verwirrten alten Mann dazu gedrängt, ihn als Nachfolger vorzuschlagen. Es hatte etwas gedauert, aber Karst hatte nach einer Weile doch noch begriffen, was er von ihm wollte.

Er gönnte sich noch einen halben Liter eines isotonischen Powerdrinks.

Hatte nicht die Kollegin Rothenberg einmal ebenfalls entsprechende Pläne hinsichtlich der Fachleitung angedeutet? Natürlich.

Und hatte sie nicht bei der ersten Konferenz neulich gleich versucht, seine Pläne zu durchkreuzen? Und hatte nicht die Rothenberg die Prüfungsunterlagen an die Schüler verteilt? Dann hätte sie die auch leicht austauschen können! Ja, aber sicher, diese progressive, frauenbewegte Schlampe *musste* dahinterstecken! Die kam immer mit ihrem modernen Quatsch an und wollte all das umkrempeln, was er und Braitbach in Jahren aufgebaut hatten. Und nun wollte ihm diese Ziege auch noch den Aufstieg vermasseln, denn jede Schwierigkeit und jedes Problem, das er hatte, ergab einen Pluspunkt für die Rothenberg. Je düsterer sich seine Lage darstellte, in umso glänzenderem Licht erschien sie. Haha, aber damit konnte dieses verschlagene Aas von Rothenberg wahrlich nicht rechnen, dass der Kollege Ramcke sie so schnell durchschauen würde.

Plötzlich gut gelaunt putzte er den Rest des Powerdrinks weg.

Dieses ganze Geschwafel von Harmonie und Eintracht im Kollegium hatte ihn von Anfang an nicht überzeugt. Alles Unsinn. Ein Kollegium war ein Rudel Wölfe, nichts weiter.

Möglicherweise sollte er, nur um ganz sicher zu sein, noch jemanden ins Vertrauen ziehen, um einen Verbündeten an seiner Seite zu wissen. Aber wen? Vielleicht jemanden, der in der Fachschaft keinen Posten anstrebte, also keine eigenen Interessen verfolgte? Vielleicht den Kollegen Willms? Ein Mann ohne eigene Pläne, ohne Ehrgeiz, loyal, fantasielos, das ideale Werkzeug.

Ach, nein, Fredy Braitbach würde ausreichen.

Ärger konnte er im Moment so gar nicht gebrauchen. Das Haus war abzubezahlen und die Zinsentwicklung war extrem ungünstig. Deshalb musste er unbedingt Fachleiter werden. Die Betreuung der Referendarin würde seine Qualitäten beweisen und langfristig seine Eignung für höhere Aufgaben – die stellvertretende Schulleitung?

Er würde sich also noch mehr um sie kümmern müssen. Ihre Betreuung sollte allein als seine Leistung erscheinen. Er musste sie möglichst von den anderen Kollegen abschirmen.

Guter Plan.

Sofort fühlte er sich besser.

Er spülte sein Glas aus und löschte das Licht in der Küche.

Er musste aufstoßen. Wovon nur?

Im Flur stehend schaute er die Treppe hinauf.

Ob mit Marianne heute Nacht vielleicht doch noch was zu machen war?

* * *

»Morgen, Herr Kollege.«

»Morgen.«

»Gibt's schon Kaffee?«

»Wenn Sie diese Plörre so nennen wollen.«

»Ansichtssache. Haben Sie übrigens schon gehört?«

»Nee, was denn?«

»Ramcke soll Ärger haben.«

»Mit dem Chef?«

»Kann sein, vor allem aber mit den Schülern seiner Dreizehnten.«

»Ramcke? Unser harter Hund? Kaum zu glauben.«

»Er soll seinem LK Geschichte eine Arbeit mit einem unsinnigen Text und einer noch unsinnigeren Aufgabenstellung gegeben haben.«

»Ach, nee.«

»Doch, doch, wirklich wahr. Und dann hat er den ganzen Quatsch noch korrigiert und zurückgegeben.«

»Das ist ja interessant.«

»Na, zum Glück wissen die Schüler nichts Genaues, aber wenn die das mal rauskriegen sollten, kann der Kollege Ramcke einpacken. Wenn auch nur ein Elternpaar klagt, ist er erledigt. Formfehler und ab dafür.«

»Täte mir leid für ihn.«

»Mir auch, mir auch. Ob man da noch Fachleiter bleiben kann?«

»Weiß nicht, weiß nicht.«

»Hätte wahrscheinlich Schwierigkeiten, der gute Ramcke.«

»Na, ja, wie auch immer, ist nicht mein Problem. Hoffentlich kommt er heil aus der Sache heraus. Auf Wiedersehen, Herr Kollege.«

»Wiedersehen, Herr Kollege.«

* * *

Vor ein paar Jahren hatte Philipp in den Ferien begonnen, ein Buch zu schreiben, in dem er sich mit dem Zusammenhang zwischen Revolutionen und dem Wetter beschäftigte.

Bemerkenswert erschien ihm die deutliche Häufung der Revolutionen in Herbst und Winter – Oktoberrevolution in Russland, Novemberrevolution in Deutschland gleich zweimal nachzuweisen: 1918 und 1989; der Sommer dagegen verführte, von Ausnahmen abgesehen, zu politischer Trägheit.

Der Frühling, als klassische Zeit des Aufbruchs in der Literatur häufig bemüht, wurde eher selten für Revolutionen genutzt, entpuppte sich also als meteorologischer Mythos. Insofern waren Wetter und Jahreszeit miteinzubeziehen in die Bewertung sowohl vergangener als auch gegenwärtiger Ereignisse.

In der Annahme, bald einen gut dotierten Vertrag in den Händen zu halten, hatte er sich an drei oder vier der bedeutendsten Verlage gewandt. Die tägliche – zweimalige – Kontrolle des Briefkastens blieb monatelang erfolglos. Dann folgten Absagen. Fassungslos blickte er auf die Schreiben mit den eleganten Briefköpfen *(... leider im Moment keinen Platz in unserem Programm, wünschen Ihnen aber ...)*. Anschließend versuchte er es bei insgesamt einhundertundsechs Verlagen.

Bis heute hatte sein Manuskript keinen Verleger gefunden, weder einen namhaften noch einen winzigen Kleinverlag. Er hatte sich bereits in Talkshows gesehen, eingeladen als feinsinniger Essayist, als Bestsellerautor auf der Buchmesse, aus dem Nichts auf Platz eins, oder bei einem Spiegel-Interview, die Formulierungen sorgsam wählend. Doch keine Sau befragte ihn nach der Französischen Revolution, dem Nahostkonflikt oder der Lage in China; stattdessen wollten energische Mütter von ihm wissen, warum ihr Leon Manuel in Geschichte nur auf drei minus stand.

Aber noch war nicht alles verloren, die Fachleitung Gesellschaftswissenschaften nur der erste Schritt, es gab noch den Gesamtfachleiter, den Oberstufenleiter, den stellvertretenden Direktor, den Direktorenposten.

Denn das war ja paradoxerweise das Schöne: Je höher man in der Hierarchie stieg, desto weniger Stunden hatte man zu unterrichten. Je beeindruckender die Amtsbezeichnung klang, desto seltener sah man Schüler. Je mehr Geld man verdiente, desto weniger hatte man zu korrigieren.

* * *

In dem französischen Film aus den Siebzigern begann der Mann zu boxen.

Er stand nun mehrmals in der Woche im Ring, er bekam einen gepolsterten Kopfschutz auf den grauen Haarkranz gesetzt und schon hagelte es Schläge von den Profis. Er steckte sie ungerührt ein. Später schlug er in gleichmäßigem Takt auf Sandsäcke ein oder hüpfte mit den anderen Seil. Dann saßen alle zusammen an einer Theke, schlugen sich gegenseitig auf die Schultern und tranken Bier.

Die Geschichte handelte von einem altgewordenen Mann, der sich in eine jüngere Frau verliebt hatte und nun wieder fit werden wollte.

Philipp schaltete den Fernseher aus und schaute zu Gesine hinüber. »Was ist das nur für ein Unsinn!«

»Tja«, meinte Gesine, »ordentlich was auf die Schnauze kriegen, das steigert die Lebensqualität ungemein.«

»So etwas hätte ich nicht nötig.«

»Ach?«

»Man kann auch durch sich selbst überzeugen, eins mit sich selbst sein, die eigenen Stärken herabspielen und und ...«

»Und die Schwächen durch Selbstironie veredeln?«

»So in etwa«, meinte Philipp.

Er stand auf, verspürte aber sofort diesen Schmerz im Rücken. Vorsichtig ließ er sich in den Sessel sinken.

»Na, dann viel Spaß beim Veredeln«, meinte Gesine.

»Danke. Wie geht es denn jetzt weiter mit Ramcke?«

Philipp schaute Gesine erwartungsvoll an.

»Tja, mit der Klausur, das hat funktioniert. Nun wäre die nächste Maßnahme fällig. Ich dachte da an etwas ...«

* * *

Große Konferenz.

Einziger Tagesordnungspunkt: Siegfried Rogalla und Eckbert Ziegler, die beiden Jugendlichen vom Täter-Opfer-Projekt der Jugendhilfe, sollen auf dem Schulhof Drogen verkauft haben.

Ramcke und Braitbach waren für die Entfernung der beiden von der Schule beziehungsweise für den sofortigen Abbruch des Experiments.

Sie stießen aber auf Gegenwehr.

Möller, Mersbach, Rothenberg und andere plädierten für eine neue Chance, wären erst bei Vorlage harter Beweise zu einer solch weitreichenden Maßnahme bereit.

Möller forderte Toleranz und Vertrauen ein, auch und gerade gegenüber schwer erziehbaren Jugendlichen.

Mersbach meinte, ein solcher Anspruch könne aber nur überzeugen, wenn die Lehrerschaft mit gutem Beispiel voranginge. Auch im Kollegium müsse man kleingeistige Streitereien hinter sich lassen. Die Zukunft könne nur dem Miteinander gehören.

Donnernder Applaus.

Ramckes Antrag wurde abgelehnt.

Der Kollege Hellmann fehlte entschuldigt (Teilabriss des Syndesmosebandes, zugezogen beim Bodenturnen).

4 Kapitel

»Guten Morgen, Frau Kollegin.«

»Guten Morgen, Herr Kollege.«

»Gibt's schon Kaffee?«

»Ist gleich durch.«

»Also, manchmal weiß man wirklich nicht, was man von dem Geschnatter unserer Schülerinnen halten soll.«

»Wie meinen Sie das?«

»Ach, ist wahrscheinlich nicht so wichtig.«

»Na, nun sagen Sie doch schon.«

»Tja, gerade bei der Hofaufsicht, da habe ich ein Gespräch zweier Schülerinnen mitbekommen. Ging um einen Geschichtslehrer, der ihnen wohl zu nahe rückt.«

»Erzählen Sie doch.«

»Ach, am Ende ist alles wieder erfunden. Na, jedenfalls, dieser Kollege scheint sich ihrer im Unterricht doch sehr anzunehmen. Außerdem hat er die beiden zu sich nach Hause eingeladen, um sie dort privat auf das Abitur vorzubereiten. Die beiden klangen irgendwie … *verängstigt*.«

»Das ist ja alarmierend.«

»Um Gottes willen, Sie kennen doch unsere pubertierenden Gören. Was die sich alles einbilden, wenn die Hormone verrückt spielen. Wahrscheinlich alles ganz harmlos. Ach, ich sehe gerade, dass ich was kopieren muss. Also dann, einen schönen Tag noch, verehrte Frau Mersbach.«

»Ihnen ebenfalls, Herr Willms.«

Das Interesse der 7d für Philipps Geschichtsunterricht beziehungsweise für das Tagebuch hielt weiter an. Die Schilderung der mörderischen Schlacht von Lützen (16. 11. 1634) war ein großer Erfolg, Höhepunkt zweifellos der Tod des schwedischen Königs Gustav Adolf: Melchiors Musketenschuss zerschmettert den linken Arm des Herrschers und leitet damit sein Ende ein. Die Schüler jubeln, als der Leichnam des kurzsichtigen Königs nackt und geschändet im Dreck liegt. Ein weiterer Tagebucheintrag konnte mit der Ermordung Wallensteins in allen, auch den blutigsten, Einzelheiten aufwarten. Melchior hatte schließlich daneben gestanden, als die Hellebarde den um Gnade Flehenden durchbohrte. An diesem Morgen trug Philipp der Klasse diejenigen Passagen aus dem Tagebuch vor, in denen Seigneur Melchior Trutz von Pufenhain bereits 1641 den Westfälischen Frieden in seinen Grundzügen entworfen hatte.

* * *

Große Pause.

Sigrid Mersbach schaute aus dem Fenster auf spielende Kinder. Sie erkannte einige Schüler aus ihrer 7b, die Tischtennis spielten. Einige der Jungen aus der 9c versuchten, Kontakt zu den Mädchen herzustellen, indem sie diese anrempelten und wegliefen. Dann kehrten sie zurück und die Mädchen stellten sich so hin, dass sie angerempelt werden konnten. Helles Kinderlachen drang zu ihr herauf.

Die Tür des Lehrerzimmers wurde geöffnet und wieder geschlossen.

Sigrid Mersbach drehte sich um.

»Ach, hallo Luise, weißt du schon das Neueste über Ramcke?«

»Nein, sollte ich?«

»Glaub schon.«

»Erzähl.«

»Der Ramcke feiert zu Hause mit seinen Schülerinnen wilde Partys, es gibt Cocktails bis zum Abwinken, und dann noch … ich sage nur: Miss Wet T-Shirt. Und rate mal, wer die guten Zensuren kriegt. Eine Klassenfahrt nach Mallorca ist auch schon geplant. Unglaublich, nicht? Du, ich muss los, in den Unterricht, bis nachher mal.«

Luise Rothenberg blieb allein im Lehrerzimmer zurück. Die Tür öffnete sich und Bernd Möller kam herein.

»Ach, hallo Bernd, sag mal …«

* * *

Philipp Willms saß im Alter von sechsundvierzig Jahren um fünf Uhr nachmittags in einem Klassenraum herum. Wieso hatte er sich das angetan? Fantasie und Leichtsinn in seinem Leben? Fehlanzeige.

Die Welt da draußen: kunterbunt.

Zum Beispiel George Foreman: Erst Olympiasieger, dann vierzig gewonnene Profikämpfe, nicht eine Niederlage, unangefochtener Boxweltmeister im Schwergewicht; dann jedoch, 1974, beim *rumble in the jungle* in Zaire, gab's von Muhammad Ali schwer was auf die Mütze. Achte Runde, ein linker Haken, eine hammerharte Rechte hinterher, schon lag der gute George im afrikanischen Staub: Titel weg, Karriere perdu, Ali oben, er unten, eigentlich alles aus. Dann, Jahre später, nach einem zweiten Comeback, wird der Mann endgültig zum Megamultimillionär, die Kohle türmt sich auf seinen Konten, er kommt gar nicht mehr hinterher mit dem Zählen. Und wodurch? Durch einen Grill, durch einen Gartengrill. Verkauft der Kerl seine *Lean Mean Grilling Machine* doch tatsächlich geschätzte neunzig Millionen Mal allein in den USA, verdient mit dem Grill dreimal so viel wie als Boxer, so um die vier Millionen US-Dollar pro Monat. Heute war dieser Mann, zehn Kinder (fünf Töchter, fünf Söhne), ordinierter Pfarrer in seiner eigenen Kirche, der *Apostolic Church of the Lord Jesus Christ*. Er, Philipp Willms dagegen, saß im Alter von sechsundvierzig Jahren um fünf Uhr nachmittags in einem Klassenzimmer herum.

(Er wunderte sich zuweilen, wieso ihn sein Weg nach dem Schulabschluss ohne Umwege geradewegs in die Schule zurückgeführt hatte – *Gehen Sie nicht über Los, gehen Sie direkt in das Gefängnis* – wieso er nicht etwas anderes geworden war, Lektor oder Museumspädagoge oder, etwa als Quereinsteiger, Trickbetrüger. Er wusste es im Nachhinein nicht zu sagen. Er war in den Lehrerberuf hineingeschlittert wie die europäischen Großmächte in den Ersten Weltkrieg.)

Allerdings, an diesem Nachmittag war doch etwas anders. An diesem Nachmittag saßen hier nicht nur Schüler, sondern auch, in der letzten Reihe, Ramckes Referendarin. Sie hatte von seinem Creative-Writing-Kurs gehört und ihn am Morgen im Lehrerzimmer gefragt, ob sie sich den mal anschauen könne. Selbstverständlich hatte er ja gesagt.

Er riss sich zusammen.

»Guten Tag zunächst«, sprach er in die Runde, »ich freue mich, dass ihr wiedergekommen seid. Bei unseren bisherigen Treffen standen ja einige eurer interessanten Texte im Mittelpunkt der Diskussion. Gerade in der letzten Stunde haben wir uns ausführlich mit Nadines Gedichten beschäftigt, die das Spannungsfeld zwischen wahrer Liebe und überteuerter Markenkleidung ausloten.«

Nadine, im glitzernden H&M-Top, überlegte einen Moment, schaute kurz zur Decke und nickte dann zustimmend. Einige der Jungen verdrehten die Augen.

»Heute nun sind Siggi und Eckbert an der Reihe und stellen uns das Projekt vor, an dem sie gerade arbeiten.«

Siggi und Eckbert standen auf und kamen nach vorne zur Tafel. Beide trugen Basecaps, riesige T-Shirts und gigantische Turnschuhe ohne Schnürsenkel.

»Tja, hallo«, begann Siggi, »unsere Geschichte handelt von Harald, einem deutschen Schüler, der seit einem halben Jahr als Austauschschüler in den USA lebt. Er wohnt dort bei einer sehr religiösen Familie in den Appalachian Mountains, so in einer kleinen Siedlung, werktags Schule und Baseball, sonntags Kirche, Harald kommt aber nicht zurecht damit, is eigentlich nämlich eher 'n straighter Chaot.«

»Jo«, setzte Eckbert fort, »und nun kriegt er 'ne E-Mail von zu Hause, von seiner Mutter, er solle mal ganz fix nach Hause kommen, Vater wär irgendwie tot. Einerseits is' jetzt Harald natürlich fertig, wegen Papa und so, aber auf der anderen Seite kann er nun weg aus dem Kaff, und das ist cool, geht's doch wieder nach Hause, nach Berlin.«

»Zuhause«, fuhr nun wieder Siggi fort, »natürlich alles in Schwarz, Trauer, Beerdigung, das ganze Zeug eben. Harald hält das alles nicht mehr aus, fängt wieder an zu kiffen. Und als er so in seinem Zimmer am Kiffen is, erscheint ihm doch plötzlich der Vater im Traum, beziehungsweise in der Hallu.«

»Hallu?«, fragte Nadine.

»Halluzination«, erklärte Siggi.

Nadine nickte beeindruckt.

»Der Vater erzählt ihm, er wär ermordet worden, nämlich, und Achtung, jetzt kommt's, von seiner Frau und seinem Bruder. Also Haralds Mutter und sein Onkel haben seinen Vater gekillt. Wow. Das haut Harald um. Aber nun hat er ein Problem, denn die Sache mit dem Vater, war das die Wahrheit oder das Gras? Das muss er nun rauskriegen. Er ganz allein. Nicht so leicht. Da kann er den Jungs in seiner Gang nicht mit kommen.«

»Er«, übernahm nun wieder Eckbert, »muss sich erst einmal abreagieren und setzt sich an seine Playstation. Da heißt es nun aber erst einmal 'ne Runde egoshooten. Er ballert ein paar Stunden vor sich hin, killt 'ne Terroristenbande, so 'ne echt verwichste Arschbande, wollen 'nen Anschlag auf die Grammy-Verleihung abziehen, die Schweine, aber nicht mit ihm, er rettet aber nur die Rapper, Rest lässt er draufgehen, is nich schade um den Haufen Idioten, danach fühlt er sich schon mächtig besser. Geht dann noch 'ne Runde Basketball spielen und macht dann noch 'ne Party. Also: Party, Party, Party.«

»Hey«, so wieder Siggi, »so langsam kriegt er die Sache in den Griff. Er fängt an, mehr so auf die Logische zu kommen. Reflexion und so. Sein Onkel und seine Mutter, voll der Inzest. Aber sein Onkel? Mann, der is doch Friseur, das heißt ja wohl schwul, 'ne Tusse, 'ne Transe, 'ne Torte, der kann's doch Frauen gar nicht besorgen, hehe. War also doch das Gras, bloß 'ne ganz normale Hallu gehabt, nichts weiter. Und weil er so erleichtert ist, baut er sich erst einmal so 'ne richtig fette, voll dicke Tüte, und das ist das Ende bis jetzt, weiter sin wa noch nich.«

Die beiden blickten in die Gruppe.

»Was haltet ihr von dem Projekt?«, fragte Philipp.

»Eigentlich 'ne echt geile Idee, Ehefrau und Schwager als Mörder, plus gleichzeitig Inzest von Mutter und Onkel, und Sohnemann kommt nach Hause, weiß von nix, ahnt aber Böses, alle Achtung«, meinte Nadine, »das klingt superneu, wo habt ihr das Zeug denn her?«

»Die Idee ham wa ausm Internet«, meinte Siggi stolz.

Philipp musste unwillkürlich grinsen, wollte schon etwas dazu sagen, so in der Art von »Habt ihr das von Hamlets Homepage oder ›shakespeare-online‹?«, entschied sich aber doch dagegen.

Nachdem noch zwei weitere Projekte besprochen und die Schüler endlich gegangen waren, lud Philipp die Referendarin zum Italiener ein. Zu seiner Überraschung sagte sie zu, schien über die Einladung sogar erfreut zu sein. Sie verließen das Schulgebäude und schlenderten, Belanglosigkeiten austauschend, in der Abenddämmerung etwa zwanzig Minuten bis zu dem von Philipp vorgeschlagenen Lokal.

Im Restaurant führte der Kellner sie an einen Tisch mit Blick auf den kleinen Vorplatz, dessen Springbrunnen im Licht der Straßenlaternen lag.

Sie saß ihm direkt gegenüber.

Der Kellner gab ihnen die Karte.

Meistens musste er, es ging nicht anders, ihrem Blick ausweichen, so schön war sie.

Er bestellte Antipasti sowie Hühnerbruststreifen im Kürbiskernpanier auf Blattsalat für sich. Sie nahm Spaghetti Bolognese und eine Cola.

Sie stießen an.

Sie sagte, ihr habe der Kurs gefallen.

Ihr Haar war wie immer kunstvoll aufgetürmt, pechschwarz.

Die Schüler seien wirklich interessiert gewesen.

Kurz darauf servierte der Kellner bereits.

Sie selbst, fuhr sie fort, interessiere sich eigentlich so gar nicht für dieses moderne Zeugs, das müsse sie schon zugeben, das sei ihr zu brutal, die Klassiker seien ihr halt einfach lieber.

Ihre Haut hatte diesen ganz leichten Bronzeton. Sie schimmerte im Kerzenlicht.

Philipp lobte die Klassiker im Allgemeinen.

Sie sagte, was Literatur angehe, da sollten Schüler Goethe und Shakespeare lesen, oder mal Gedichte auswendig lernen, das trainiere das Gedächtnis.

Was für eine ungeheuerliche Intelligenz sich in diesem Satz zeigte.

Sie fragte ihn, ob er Körner kenne, ihren Seminarleiter.

Philipp bejahte, der mache das schon seit Jahren, der sei bekannt für seine Vorlieben.

Sie erkundigte sich nach diesen.

Philipp meinte, der alte Körner, der habe es immer mit den handfesten, anschaulichen Sachen, modernes Zeug sei unbedingt zu vermeiden.

Sie trank einen Schluck und schaute nachdenklich in ihr Glas.

Wie es denn so mit Ramcke laufe, streute Philipp beiläufig ein.

Ach, eigentlich ganz gut, antwortete sie, und bat ihn, ihr alles, was er über Körner wisse, zu erzählen.

Philipp tat dies bereitwillig.

Am Ende seines Vortrags, der Anekdotisches und Fachliches aus den letzten Prüfungsjahren vermengte, trank sie ihr Glas aus.

Nun müsse sie aber wirklich gehen, das morgige Seminar beginne in aller Frühe. Er solle sie ruhig mal wegen des Creative-Writing-Kurses auf dem Laufenden halten.

Sie stand auf und lächelte.

Das Weiß ihrer Zähne versetzte ihm einen feinen Stich in die Herzgegend.

Sie gab ihm die Hand und verabschiedete sich.

Philipp sagte auch noch irgendetwas.

Als sie ging, schaute er noch lange aus dem Fenster hinter ihr her.

Er bestellte sich noch ein Glas Wein.

Trotz des Weins und trotz seiner Müdigkeit, schließlich war es ein langer Tag gewesen, fand er in dieser Nacht keinen Schlaf. Gegen halb drei stand er auf, fuhr den Computer hoch, googelte »Miriam Falter«, erhielt aber keinen Zugang zu ihren Onlineprofilen.

* * *

Eine Kaffeetasse knallte auf den Tisch.

»Mit Schülerinnen nackt in die Sauna. So etwas gehört doch zur Anzeige gebracht.«

Bernd Möller sah wütend aus.

Allgemeines Gemurmel im Lehrerzimmer signalisierte Zustimmung.

Dann Stille.

In diese hinein sprach Philipp: »Also, Kollegen, nehmt mir das nicht übel, aber ich glaube das alles nicht, ich meine, der …«

»Ach, nein, der Herr Willms glaubt das alles nicht, das ist ja typisch, Männer decken sich immer gegenseitig, das war ja zu erwarten.«

»Also, Frau Mersbach, ich muss doch bitten.«

»Nein, müssen Sie nicht, ich jedenfalls traue euch Männern alles zu.«

Philipp schüttelte den Kopf.

»Liebe Kollegen, noch leben wir in einem Rechtsstaat, da gilt immer noch die Unschuldsvermutung. Vorverurteilen wollen wir doch nicht, oder?«

Unsicherheit und Zweifel machten sich breit.

Stille.

In diese hinein sprach Gesine: »Die Gewissensbisse des Kollegen Willms in allen Ehren, aber falls an der ganzen Sache doch etwas dran ist, auch nur ein klitzekleines bisschen, was dann? Machen wir uns dann nicht mitschuldig? Müssen wir nicht in erster Linie an den Schutz der uns anvertrauten jungen Menschen denken? Haben die nicht absoluten Vorrang?«

Alle blickten auf Philipp.

»Sicher«, setzte er an, »aber bevor wir …«

»Und wenn es doch wahr ist?«, rief Sigrid Mersbach.

Philipp schien mit sich zu ringen, schwankte, traf eine Entscheidung.

»Na, ja, Kollegen, vielleicht habt ihr doch …«

* * *

Große Pause.

Philipp kontrollierte Klassenräume, schickte Schüler auf den Pausenhof, trennte Kämpfende voneinander, steckte ein Klappmesser ein.

»Ach, hallo Herr Willms.«

»Guten Morgen, Herr Weyhrauch.«

»Hätten Sie vielleicht einen Moment Zeit für mich?«

»Selbstverständlich, Herr Direktor.«

Beide Herren begaben sich zum Ende des Gangs.

Weyhrauch hüstelte kurz.

»Sagen Sie mal, Herr Kollege, mal ganz unter uns, verstehen Sie mich jetzt bitte nicht falsch, es ist auch nicht weiter von Belang, aber was für ein Verhältnis hat denn, Ihrer Meinung nach, so der Kollege Ramcke zu seinen Schülern, beziehungsweise zu seinen Schülerinnen?«

Philipp hielt kurz den Atem an. Er kratzte sich am Ohr.

»Tja, also da äußert man sich ja als Kollege nicht so gern, ich meine, das …«

»Schon gut, schon gut, ich verstehe Ihre Skrupel und Ihre kollegiale Rücksichtnahme, Herr Willms, das ehrt Sie, wirklich, aber sagen Sie ruhig einmal, so spontan.«

»Also gut, aber nur, weil Sie darauf bestehen, Herr Direktor, ich glaube, ein sehr gutes, ich glaube, der Kollege Ramcke ist, wie man so sagt, sehr nah dran an den Schülerinnen, er hat ein sehr, sehr äh, enges Verhältnis zu seinen Schülerinnen, er …«

»Vielen Dank, Herr Willms, das reicht mir schon. Vergessen Sie einfach meine Frage. Und vielen Dank noch einmal.«

»Gern geschehen, Herr Weyhrauch.«

* * *

Philipp stand im Wohnzimmer vor dem Regal mit seinen DVDs.

Er hatte sich, kaum von der Schule heimgekehrt, sofort auf die Couch gelegt und darüber nachgedacht, an wen ihn die schöne Referendarin am Vorabend beim Italiener erinnert hatte. Verschwommene Bilder tauchten auf und verschwanden, küssende Paare, berühmte makellose Gesichter huschten in schnellem Wechsel vorbei, als blättere er einen Photoband durch. An wen genau erinnerte sie ihn bloß? Sie war auf jeden Fall etwas Besonderes, daran bestand für ihn kein Zweifel.

Zuerst hatte er es mit seinen Bildbänden probiert, die ihm aber nicht weiterhalfen. So war er zum Regal gegangen und hatte begonnen, seine Filme durchzuschauen. Allzu viele waren es zwar nicht, doch war eine kleine Sammlung durch Geburtstagsgeschenke, Kauf und Raubkopieren entstanden.

Er legte die DVDs auf einen Haufen und ging sie der Reihe nach, Cover für Cover, durch:

Der *Pate I, II* und *III*? Ganz daneben.

Sharon Stone in *Casino*? Zu nuttig.

Meg Ryan in *Harry und Sally*? Zu brav.

Julia Roberts in *Notting Hill*? Zu Julia Roberts.

Er stellte sie sich vor.

Ihre Eleganz, ihr erlesener Geschmack, ihre Intelligenz.

Wer war so?

Er suchte weiter. *Spiel mir das Lied vom Tod* oder *Sieben*? Nein, das war es alles ganz bestimmt nicht. Schließlich hielt er *Frühstück bei Tiffany* in der Hand. Auf dem Cover: Audrey Hepburn in dem schwarzen Givenchy-Kleid, mit Perlenkette und Zigarettenspitze. Das war schon besser, näher dran, viel näher sogar. Aber seine Referendarin war noch … noch …, mehr so …

Philipp legte DVDs und Bildbände beiseite und schloss die Augen.

Nein, mit Schauspielerinnen, mit Stars und Sternchen kam er nicht weiter, das genügte nicht, so wurde er ihr nicht gerecht. Er musste weiter ausholen, noch eine Schippe drauflegen, auf ein höheres Level gehen.

Er musste hinaus aus der Welt der Filmdiven und hinein in die Welt der wahren Göttinnen der Menschheitsgeschichte: Aphrodite oder Saraswati, mehr so diese Preislage.

Dabei war sie doch sehr real. An wen erinnerte sie ihn bloß?

Er kam einfach nicht darauf.

Er googelte »die schönste Frau der Welt«, erfuhr aber nur von der Wahl einer Russin zur neuen Miss Universe in Vietnam.

* * *

Heribert Karst war ein alter Hase.

Er, und recht besehen nur er, hatte die Schülergenerationen kommen und gehen sehen: kurze Haare, mittellange Haare, lange Haare, Haare bis zum Arschansatz, wieder kurze Haare, gefönte Haare, stufig geschnittene Haare, gefärbte Haare, getönte Haare, gegelte Haare, glatt rasierte Schädel. Hosen mit weitem Schlag und geräumigem Schritt, engste Röhrenhosen, die Samenproduktion gefährdend, dann wieder Beinkleider, die auch als Zweimannzelte hätten Verwendung finden können. Schülerinnen in geblümten Kleidern, im Schlabberlook oder in Hosenanzügen, in Bundeswehrparkas, im Blaumann, nabelfreie Schülerinnen, die offensichtlich gezielt Karrieren als Bauchtänzerinnen ansteuerten.

Er hatte Direktoren erlebt, überlebt und vergessen. Er hatte Kollegen gesehen, die als junge Hoffnungsträger unter Fanfarenklängen einzogen und wenig später als verbrannte Mittvierziger behutsam fortgeschafft wurden.

Heribert Karst dagegen hatte sämtliche Veränderungen seit dem Schuljahr 1966/67 durchgestanden. Kaum mehr fanden sich in seinem mürben Gedächtnis Spuren jener Reformen, die in den vergangenen Jahrzehnten mit großem Getöse von begeisterten Ministerialbeamten nebst politischer Führung eingeführt worden waren. Oft etwas, jedenfalls soweit sein Erinnerungsvermögen nicht trog, mit technischem Aufwand: blitzende Folien, summende Projektoren, unhandliche Videokameras, labyrinthische Sprachlabore und nun, neuerdings, mysteriöse Apparate, »Beamer« geheißen.

Dann wieder was mit Gruppenarbeit, wohl damit man in Gruppen arbeitete. Dann wurden wieder die Schulbücher anders gestaltet, mal viel Text und nur wenige Bilder, dann wieder viele Bilder und wenig Text. Mal sollten die Schüler vor Leistung und Anstrengung geschützt werden, mal im Vorschulalter harte Managerqualitäten beweisen, heute wie tapsige Fohlen auf der grünen Wiese herumtollen, morgen gelenkt werden wie Ratten im keimfreien Labor.

Urplötzlich hieß es, Schüler sollten im Kreis sitzen und der Lehrer in der Mitte. Nein, halt, Quatsch, am Pult, oder sollte er vielleicht doch in die Mitte? Sollte der Lehrer etwa gar nicht mehr sitzen, sondern stehen? Aber wo? Neben, vor (oder hinter) der Tafel? Oder sollte der Lehrer weder stehen noch sitzen, sondern im bergenden Kreise der Schüler liegend lehren?

Dabei hatte er doch immer nur helfen wollen, gehofft, jungen Menschen etwas beizubringen, Latein und Geschichte, Vokabeln und Grammatik, Cäsar und Augustus, dazu Fleiß, Anstand und Rücksichtnahme auf den Schwächeren. Warum war das alles so schwierig geworden?

Heribert Karst war es leid. Heute kannte er nicht einmal mehr die Namen der Kollegen, denn dies lohnte sich aus seiner Sicht nicht mehr. Kaum hatte er sich deren Namen und die dazugehörigen Gesichter eingeprägt, waren sie schon wieder verschwunden, blieben selten länger als ein bloßes Jahrzehnt, wechselten an andere Schulen oder verstarben unbemerkt während der Herbstferien.

Er stand an einer Tafel.

So viel war damit schon einmal klar. Benutzte man die Tafel nicht, um etwas an eine solche zu schreiben? Eine Regel mitunter oder eine Reihe von Beispielen etwa, vielleicht den Weg zu einer richtigen Lösung? Er war sich nicht ganz sicher, er entsann sich noch zu deutlich der Worte jener meist barttragenden Kollegen in den blauen Nietenhosen und schwarzen Lederjacken, die in der Tafel das perfide Werkzeug der Reichen und der multinationalen Konzerne sahen, um den aufgeweckten Töchtern und Söhnen der Arbeiterklasse vorzugaukeln, es gäbe für sie … doch das war schon lange her, in den Siebzigern, oder war es im letzten Jahr gewesen? Kurzentschlossen schrieb er einige Wörter an die Tafel, deren Sinn ihm in den ersten Momenten (und auch später) dunkel blieb. Trotzdem war er sich sicher, gerade diese Wörter schon einmal an eine Tafel geschrieben zu haben, wenn auch nicht unbedingt in dieser Reihenfolge.

Da vernahm er ein überaus hässliches Klingeln, und dieses Zeichen verstand er zu deuten. Fremde Wesen, die er noch nie vorher gesehen zu haben glaubte, verließen den Raum, in dem er sich ebenfalls zu befinden schien. Er folgte ihnen. Auf dem Flur wurde er gegrüßt, er lächelte, grüßte zurück.

Man wusste ja nie.

Einige Momente später war im Flur keine Menschenseele mehr zu sehen. Er schaute sich sichernd um, ging den Flur entlang, an dessen Ende sich rechterhand eine Tür befand. Er öffnete diese, betrat eine Abstellkammer und schloss hinter sich die Tür.

* * *

Nach einem Treffen des Creative-Writing-Kurses beschwerten sich Siggi und Eckbert bei Philipp über Erdmann. Im Deutschunterricht hatten sie »Romeo und Julia« besprochen, zuletzt die Todesszene. Siggis Aufsatz hatte der Kollege schlecht bewertet.

Shakespeares Julia ist ne fett krasse bitch. Was macht die denn, als sie ihren scheintoten Lover, diesen Romeo, findet? Glaubt gleich, ihr Heini is tot und bringt sich um. Voll beknackt, die Alte. Aber wenn die Tussi mal was vom Roten Kreuz gehört hätte oder wenigstens einmal bei so nem Erste-Hilfe-Kurs gewesen wäre, dann hätte sie ihren Romeo erst einmal in die stabile Seitenlage gebracht und der ganze Scheiß wär nicht passiert.

Philipp bat Siggi, sich umzudrehen, legte ihm sodann das Blatt auf den Rücken und schrieb:

Verehrter Herr Kollege,

vielleicht überdenken Sie Ihre Benotung noch einmal. Zugegeben, in diesen Zeilen äußert sich eine unromantische, pragmatische Sicht des Geschehens. Einiges jedoch spricht für eine eher nüchterne Auffassung. Selbst Hamlets Ophelia hätte ihren Hüpfer ins Wasser wohl überlebt, wäre sie nur im Besitz eines Freischwimmerabzeichens gewesen.

* * *

Heribert Karst betrachtete einige bunte Plastikeimer, über deren Rändern ausgefranste Wischtücher hingen, einen Mopp und mehrere mit dem unteren Ende nach oben an die Wand gelehnte Besen, zwischen deren Stielen bunte Plastikflaschen voller Putzmittel standen. Er atmete erst einmal durch. Richtig, hier war ja sein Büro. Glücklicherweise war er nun allein. Hier begehrte niemand eine Antwort von ihm oder stellte eine Frage an ihn. So manches Mal hatte er in seinem Büro ungetrübte Stunden verbracht, bis ihn dann am späten Nachmittag nach Bohnerwachs und Ammoniak duftende Engel zum Parkplatz geleiteten. Er starrte auf die Besen, die ihn aber an nichts erinnerten.

Dann versuchte er minutenlang, sich zu konzentrieren.

Nichts.

Anschließend sah er sich die Schimmelflecken an der Wand sehr genau an. Die bildeten merkwürdige Muster. Die erinnerten ihn an, an, … Ein schwarzer Käfer mit roten Punkten auf seinem Panzer krabbelte einen Besenstiel herauf. Er trippelte rasch nach oben, rutschte ab und zu wieder ein Stück herunter, erreichte dann aber doch sein Ziel und verschwand zwischen den Borsten des Besens.

Dort steckte ein Zettel. Ob er diesen Zettel würde an sich nehmen dürfen?

In Heribert Karst rang die Neugierde mit seinem natürlichen Taktgefühl und seinem erworbenen Sinn für Anstand. Schließlich war es möglich, dass es sich hier um ein amouröses Schreiben handelte, gefüllt mit Rosenblättern, ein unerbrochenes Siegel als des seligen Geheimnisses wächsernes Unterpfand. Vielleicht hatte sich ein Kollege in eine der feschen Reinemachefrauen verguckt und hielt auf diesem Wege die delikate Beziehung aufrecht. Immerhin: eine Reinemachefrau und ein Studienrat! Das war nicht ohne! Hatte er nicht erst gestern im *Gloria*, dem Lichtspieltheater um die Ecke, einen Film ähnlichen Inhalts angeschaut? O. W. Fischer und Maria Schell, ein gleichfalls schicksalsgeschädigtes Paar. Er ein ehemaliger, hochdekorierter Wehrmachtsoffizier, der bereits im Frühjahr 1952 (!) die Pläne Adolf Hitlers durchschaut hatte, aber trotzdem im Nachkriegsdeutschland noch um seine politische Unschuld kämpfen musste. Sie eine barfüßige Gänsemagd aus der Ostmark. Das waren richtige Liebesgeschichten, wahre, zu Herzen gehende Tragödien. Darüber sollten die modernen Schriftsteller schreiben anstatt über … über so … Aber worüber schrieben eigentlich moderne Schriftsteller? Heribert Karst wusste es nicht, denn er las ihre Bücher nicht. Nahm man es sehr genau, las er eigentlich überhaupt keine Bücher, schon gar nicht pädagogischen Inhalts. Schon lange nicht mehr, denn sie halfen ihm nicht weiter, boten im Alltag keinen Schutz gegen renitente Jugendliche und ein stets neue Erlasse, Verfügungen, Gesetze, Anweisungen und Bestimmungen gebärendes Ministerium, das ihn aber allein ließ im täglichen Kampf um den Geist seiner Schüler.

Aber möglicherweise benötigte jemand Hilfe. So nahm er schließlich den Zettel, entfaltete ihn und las:

Morgen ist OK

Was war das: der, die, das Morgen?

Ein Werkzeug?

Oder eventuell ein Verb?

Ich morge, du morgst, er/sie/es morgt, wir morgen, ihr morgt, sie morgen.

Die Bedeutung war wohl eher düster, es klang nach Ärger, wie in »Er wurde hinterrücks gemorgt« oder »Trotz ihrer Bitten morgte er sie ohne Gnade«.

Morgen.

Er würde es schon herausbekommen, schließlich gab es Bücher, in denen man die Bedeutung der Wörter nachschlagen konnte.

Kein Problem also.

Das heißt, man musste nur wissen, was ein Buch war.

Aber auch das bekäme er schon noch heraus.

Und zwar gleich, und zwar gleich … am nächsten Tag.

Er löschte das Licht.

* * *

Es goss in Strömen, als Philipp das Schulgebäude verlassen wollte. Plötzlich stand Miriam neben ihm. Beide schauten sie ins graue Nass.

Philipp spannte seinen Regenschirm auf und bot ihn Miriam als Schutz gegen den Regen an.

Sie nahm lächelnd an.

Ihre Gesichter nur eine Handbreit voneinander entfernt, hasteten sie zur Bushaltestelle. Binnen weniger Sekunden waren sie durchnässt. Einmal im Bus, dachte Philipp, könnte er einen gemeinsamen Cafébesuch vorschlagen, sie würden heißen Tee trinken und …

»Kommen Sie doch um Himmels willen ins Auto bei dem Sauwetter.«

Philipp und Miriam blieben stehen.

Die Stimme gehörte Ramcke, ebenso wie der graue Volvo, in dem er saß und der nun mit versenktem Türfenster neben den beiden stand.

Momente später saß Miriam auf dem Beifahrersitz und Philipp auf der Rückbank, mit direktem Blick auf Ramckes dichten Haarschopf. Die beiden sprachen miteinander, Miriam musste über eine Bemerkung Ramckes lachen, Philipp verstand gar nichts, der Lärm des auf das Autodach prasselnden Regens schloss ihn erbarmungslos aus.

Er rutschte in die Mitte der Rückbank und beugte sich nach vorne, entschlossen, Ramcke das Feld nicht kampflos zu überlassen.

Der Volvo bremste scharf – Zufall? – und Philipp wurde

gegen die Vordersitze geschleudert, sodann gegen die Rückbank und anschließend erneut gegen die Vordersitze, wobei sich sein Regenschirm, den er in der Hand gehalten hatte, aufspannte und Philipps Gesicht zwischen dessen Stangen geriet.

Philipp fluchte, Ramcke und Miriam lachten.

Zwei Minuten später hielt Ramcke vor einer Bushaltestelle, von der aus Philipp in sein Viertel gelangen konnte. Miriams Wohnung lag in einem weiter entfernten Viertel und Ramcke erklärte kategorisch, etwas anderes als die junge Kollegin direkt bis vor ihre Haustür zu fahren, komme für einen Kavalier der klassischen Schule wie ihn nicht in Frage. Miriam nahm erfreut an.

Ramcke drehte sich zur Rückbank. Philipp sah einen muskulösen Unterarm und eine große Hand, die ruhig auf dem Hebel der Gangschaltung lag.

»Du kommst ja alleine klar, Philipp, oder? Bis morgen dann.«

Philipp musste bejahen, öffnete die Tür hinter Miriam, stieg aus, wollte noch etwas sagen, bevor er die Tür zuschlagen würde, aber der Volvo rollte los, die Tür fiel ins Schloss und er sah, durchnässt und ausmanövriert, Ramckes Rücklichter im Regen verschwinden.

* * *

»Darüber können wir ja die Tage noch einmal reden, Philipp.«

Philipp nickte Ramcke zu und griff zur Kaffeetasse.

»So, und hier, Frau Falter, habe ich etwas über die Langen Kerls, das Eliteregiment des Preußenkönigs Friedrich Wilhelm I. Das könnten Sie vielleicht in Ihrer nächsten Prüfungsstunde verwenden.«

Ramcke reichte Miriam einige Unterlagen. Sie bedankte

sich und schaute sich die Kopien an. Dann legte sie diese auf den Tisch.

»Der gute Friedrich Wilhelm, der hatte es aber auch mit den langen Burschen. Du lieber Gott, da kann man sich gleich denken, was wohl dahintersteckte.«

Ramcke schüttelte den Kopf: »Nein, nein, Frau Falter, das hatte gar nichts mit modernem Psychoquatsch zu schaffen. Ganz im Gegenteil, es hatte alles seine guten, sachlichen Gründe. Bedenken Sie, je größer der Kerl, desto länger der Arm, desto länger der Gewehrlauf, desto höher die Treffsicherheit des Soldaten. Das ist auch schon alles.«

Miriam Falter nickte, errötete leicht und schaute wieder in die Materialien.

Ramcke lächelte. Philipp füllte seinen Kaffee nach.

»Wäre es aber nicht toll, wenn man so einen alten Vorderlader im Unterricht hätte, würde doch alles viel anschaulicher machen, nicht?«

Ramcke stutzte.

»Grundsätzlich schon, Frau Falter, aber ich habe kein Gewehr. Die Texte und Bilder, die ich Ihnen gegeben habe, und die ich schon mehrfach erprobt habe, die reichen für Ihre Stunde vollkommen aus. Glauben Sie mir. Wir wollen mal nicht übertreiben.«

»Ach, ich dachte nur so was Handliches, Konkretes …«

Betreten blickte die Anfängerin zu Boden.

Philipp stellte seine Kaffeetasse auf den Tisch.

»Also, ich will mich da wirklich nicht einmischen, aber ich habe zu Hause so einen Vorderlader irgendwo herumliegen. Ich weiß auch nicht mehr so genau, wie ich an den gekommen bin, vielleicht ein Erbstück der Familie, müsste ich mal nachschauen, wo der liegt, wenn Sie möchten, kann ich Ihnen den mal ausleihen für Ihre Prüfungsstunde.«

Miriam Falter schaute Philipp an.

»Wirklich, das wäre ja furchtbar lieb von Ihnen, ganz super.«

»Ach, das ist ja gar nichts, nicht der Rede wert.«

Philipp griff zur Kaffeetasse.

Zwei Augenpaare waren auf ihn gerichtet: ein dankbares und ein abschätziges.

* * *

»Wie teuer?«

»Dreitausendsechshundertundfünfzig Euro.«

»Und das ist Ihr billigstes Modell?«

»So ist es, mein Herr. Es handelt sich um einen Nachbau, voll funktionstüchtig.«

* * *

»Meinen allerherzlichsten Dank, Herr Willms. Mit dem alten Gewehr, das ist super gelaufen.«

»Das freut mich für Sie, Frau Falter.«

»Vielen Dank, dass Sie sich die Mühe gemacht haben.«

»Ach, nicht doch, das Ding lag einfach im Keller herum.«

»Nein, nein, das war schon nett von Ihnen.«

Es folgte ein Moment der Stille.

»Ich bin Miriam.«

Sie reichte ihm die Hand.

»Ich bin Philipp.«

* * *

Philipp saß im Lehrerzimmer, trank Kaffee und plauderte mit Gesine.

Sie hatte Probleme mit Hassan, einem Schüler aus ihrer Klasse. Er sollte lateinische Sätze ins Deutsche übersetzen. Dies konnte er nicht leisten, da er eigentlich gar kein Deutsch sprach. Hassan gab an, auf seiner Hauptschule, wie alle andern auch, Türkisch beziehungsweise Arabisch beziehungsweise gar nicht gesprochen zu haben. Trotzdem hätte er gute bis sehr gute Noten erzielt, auch »ohne dem Deutsch«. Das habe »auf seiner Haupt« sowieso keiner gesprochen. Wozu auch? Seine Übersetzungen lateinischer Sätze ins Türkische waren, laut Auskunft eines mit Gesine befreundeten Dolmetschers, ganz ordentlich, zeigten Talent. Hassans Übersetzungen allerdings konnte wiederum Gesine nicht lesen.

Ramcke betrat das Lehrerzimmer.

Die Gespräche der Kollegen verstummten. Ramcke setzte sich zu einer Gruppe mit Rotteck und Erdmann. Rotteck und Erdmann standen auf und verließen das Zimmer. Ramcke blieb allein am Tisch zurück.

Er schaute sich um, verließ grußlos den Raum und sofort wurde getuschelt, vor allen Dingen unter Kolleginnen. Philipp schnappte hämische Bemerkungen über »junges Gemüse und alte Böcke« auf.

Gesine sagte zur Kollegin Mersbach, Fachleiterposten wären wohl eher etwas für engagierte Kollegen.

Mersbach nickte, Philipp lächelte.

Es stand wirklich nicht gut um den Kollegen Ramcke.

Philipp verbrachte den Nachmittag im *EXIT*, vor sich den köstlichsten Apfelstrudel, die Kellnerin mit dem Pferdeschwanz lächelte ihn, den sympathischen Stammkunden, freundlich an.

Das Leben kann so schön sein.

Bald sogar noch schöner.

Als Fachleiter, da würde er vorankommen, eine gehobene Position bekleiden, würden seine außerordentlichen Fähigkeiten anerkannt werden.

Er bestellte sich ein zweites Stück Apfelstrudel mit Vanillesoße.

* * *

Es klingelt.

Die Schüler räumen ihre Sachen zusammen und gehen. Die Herren Prüfer, die in der letzten Reihe sitzen, drei an der Zahl, wenden sich Miriam Falter zu und legen los.

Wie ist denn ihre Stunde strukturiert? Wie sind denn die Einzelteile aufeinander abgestimmt?

Wie ist diese Stunde denn mit der vorherigen organisch verbunden? Wie ist denn diese Stunde mit der nachfolgenden unauflöslich verzahnt? Ach, nur der Information halber: Haben Sie die Ziele dieser Stunde abgestimmt auf den schuleigenen Lehrplan? Auf die Richtlinien des Landes? Auf das Grundgesetz? Auf die Charta der Vereinten Nationen? Auf das Kyoto-Protokoll? Auf die Genfer Konvention? Auf die neueste Novellierung des jüngsten Erlasses des Kultusministeriums bezüglich der Vermittlung kognitiver-emotionaler-praktischer-sozialer-neo-mega-ultra-metarelevanter Unterrichtsziele?

Miriam Falter sagt nichts. Sie steht zitternd vor der Tafel. Ein Stück Kreide fällt in der Stille auf den Boden.

Ihr Blick geht hilfesuchend zu Ramcke, der leblos, in sich zusammengesunken, in der ersten Reihe sitzt und nicht wagt, zu ihr aufzuschauen.

In Miriam Falters Gesicht spiegelt sich Abscheu.

Die Tür wird geöfffnet und Philipp betritt das Zimmer.

Ruhig um sich schauend erfasst er die Gesamtsituation in all ihren Details. Dank seiner natürlichen Autorität (und seines Amtes: Fachleiter der Gesellschaftwissenschaften) bringt er die Prüfer augenblicklich zum Schweigen. Mit einer eleganten Bewegung, die den tadellosen Sitz seines Jacketts nicht im mindesten beeinträchtigt, bietet er Miriam seinen Arm und bedeutet den Prüfern, die Tafel vom Anschrieb sowie den Raum in Gänze zu reinigen. Miriam untergehakt, schreitet er hinaus. Die Prüfer schlagen die Augen nieder und machen sich, Ramcke einen fransigen Putzlappen reichend, still ans Werk.

* * *

Große Konferenz.

1. Tagesordnungspunkt:

Antrag der Kollegin Mersbach auf Abschaffung des sogenannten Frontalunterrichts, also derjenigen Form des Unterrichtens, in der der Lehrer im Zentrum steht.

Sie führte an, heutzutage arbeiteten Schüler vorzugsweise in Gruppen, hülfen einander, fänden und lösten Probleme selbstständig. Arbeite ein Lehrer frontal, stehle er ihnen genau diese Chancen. Er versündige sich an ihrer Zukunft. Er mache die Schüler letztendlich zu Nichtdenkern, Befehlsempfängern, Untertanen, Mitläufern, letztendlich zum Kanonenfutter eines Diktators. Dies dürfe jedoch ein Lehrer nicht mehr tun, unter keinen Umständen, nie, nie mehr dürfe so etwas auf deutschem Boden geschehen, eher solle einem Lehrer die Hand abfallen.

Nachdenkliche Stille.

Gesine, Philipp zublinzelnd, meldete sich zu Wort: Gemeinsam mit der 10b habe sie am Morgen eine grammatikalisch anspruchsvolle Stelle im *Gallischen Krieg* gemeistert, in der Cäsar schildere, mit welcher Technik die römische Armee Flüsse zu überqueren pflegte. Sie habe Fragen gestellt und die Schüler hätten geantwortet. Auch von Schülern seien Fragen gestellt worden und sie habe geantwortet.

Sie wolle wissen, ob sie damit Deutschland und seine Jugend, vielleicht gar Europa, dem Untergang nähergebracht habe.

Allgemeines Gemurmel.

Gesine fuhr fort. Frontalunterricht, allein schon das Wort mache ihr Angst, es klinge nach einer Mischung aus Front und brutal, nach Oberkommando der Wehrmacht und Heeresgruppe Süd, nach Schützengraben und frühem Tod.

Leichte Unruhe.

Deshalb sei sie verunsichert und wolle nachfragen, ob sie in dieser Stunde nun Latein unterrichtet oder den Dritten Weltkrieg vorbereitet hätte.

Zwischenrufe. Geschrei.

Der Antrag musste vertagt werden.

2. Tagesordnungspunkt:

Siegfried Rogalla und Eckbert Ziegler sollen Mitschüler bedroht und Handys entwendet haben.

Ramcke und Braitbach waren für Entfernung von der Schule und für den sofortigen Abbruch des Experiments.

Sie stießen auf Widerstand. Möller und Rothenberg sahen die Vorwürfe als nicht bewiesen an.

Sigrid Mersbach verwies auf die vorherige Konferenz, auf die feste Absicht des Kollegiums, Probleme nur gemeinsam lösen zu wollen, sich nicht länger zu zerfleischen. Die Zukunft meistere nur der solidarisch Handelnde.

Donnernder Applaus.

Sie bat Ramcke deshalb, seinen Antrag zurückzuziehen.

Ramcke zog zurück.

Die Konferenz endete in allumfassender Harmonie.

Man sammelte noch für einen Blumenstrauß für den Kollegen Hellmann (Spezialklinik für Orthopädie wegen Kreuzband-Ruptur, zugezogen beim Basketball).

5. Kapitel

Gekicher.

Rainer Erdmann legte die *Men's Health* auf das Pult und blickte in die Klasse. Einige Schüler grinsten, andere zwinkerten sich zu. Erdmann schaute mahnend in die Runde. Es wurde still. Er wandte sich wieder dem Artikel über zielgerichteten Muskelaufbau (die Step-by-Step-Methode der Stars aus Hollywood) zu.

Gekicher.

Irgendetwas stimmte nicht.

Wie schon so oft, wenn Erdmann zur Aufsicht eingeteilt worden war, hatte er sich im Archivraum die Aufgaben besorgt, an diesem Morgen die der Kollegin Rothenberg, und an die Schüler verteilt.

Normalerweise herrschte während der Klausuren absolute Ruhe und eine eher angespannte Arbeitsatmosphäre. Die Schüler des Leistungskurses Biologie der Frau Rothenberg dagegen schienen allerbester Stimmung zu sein. Aber wieso? Waren die Aufgaben zu leicht? Oder waren die Schüler bereits im Vorhinein über die Aufgaben informiert worden? Von Luise Rothenberg? Für einen Moment erwog er diese Möglichkeit.

Nein, vollkommen undenkbar.

Er legte die *Men's Health* erneut hin, stand auf und schlenderte betont lässig durch die Reihen. Ein Schüler, ein gewisser Mangold, den er noch von der 9. oder 10. Klasse her kannte, hob die Hand, um ihm zu signalisieren, dass er die Toilette aufsuchen wolle. Erdmann nickte ihm zu. Als Mangold das Klassenzimmer verlassen hatte, ging Erdmann zu dessen Pult und schaute sich die Klausur an.

In der gegenwärtigen Forschung existiert eine Vielzahl von Theorien, welche die bisher ungeklärt gebliebene Todesursache der Dinosaurier zum Gegenstand haben, wobei einige dieser Versuche mittlerweile auch Nichtwissenschaftlern bekannt sein dürften. Sir Auberon Braithwaite (King's College, Cambridge) zum Beispiel sieht die Ursache in einem Einschlag verirrter Meteoriten aus den Weiten des Weltalls, während Bernhard Klopperer (Erlangen, AOK) den heimtückischen, zersetzenden Einfluss der Osteoporose auf die gewaltigen Knochen dieser Ungetüme als Ursache vermutet. In diesem Text sollen aber zwei jüngere, neueste wissenschaftliche Erkenntnisse verarbeitende Ansätze skizziert werden.

Der japanische Forscher Shimuti Tahakara, als Vertreter Darwinscher Evolutionsgedanken, vertritt die Auffassung, dass die Saurier sich den veränderten Umweltbedingungen einer Eiszeit anzupassen nicht in der Lage zeigten, während zum Beispiel in späterer Zeit die Menschen eben dieser Gefahr durch die Erfindung von Glühwein und bezahltem Winterurlaub knapp entrinnen konnten. Die Saurier aber, allzu sorglos die Gedanken an eine dräuende Eiszeit verdrängend und die sommerlichen Temperaturen zwischen Trias und Kreide mit ausgedehntem Murmelspiel vertändelnd, standen zu Beginn des Winters ohne Heizung da. Diesen Fehler bezahlten sie mit dem Leben.

Der amerikanische Forscher Henry Wallace Bumstead III. (Junior) dagegen argumentiert, ein Seher unter den Sauriern habe seine Artgenossen darauf hingewiesen, dass auch sie eines Tages nicht mehr sein würden und die Herrschaft über die Erde in ein paar Millionen Jahren sodann an zweibeinige Wesen falle, von deren charakterlicher Erbärmlichkeit und körperlicher Armseligkeit sie sich besser keine Vorstellung machen sollten.

Was sich danach zutrug, lässt sich getrost in die größten Tragödien des Erdmittelalters einreihen. Denn die Saurier, obzwar von geradezu wahrhaft furchterregendem Äußeren, besaßen doch in ihrem innersten Inneren so etwas wie eine zarte, rein empfindende Seele. Nun, angesichts solch düsterer Zukunftsaussichten machte sich unter den Sauriern eine gefährliche Mischung aus »No-Future«- und »Nullbock«-Stimmung breit, der Wille zur Fortpflanzung erlahmte, viele suchten Vergessen im Alkohol, verquaste philosophische Theoreme eher pessimistischer Prägung fanden zahlreiche Anhänger und führten zu kollektiven Selbstmordorgien unvorstellbaren Ausmaßes; wieder andere feierten opulente Gelage, exaltierte Modeformen setzten sich durch, jeder erdenkliche Prunk und Pomp wurde entfaltet, die allerallerletzten Hemmungen fielen, es kam zu erschütternden Szenen dekadenter Erniedrigung, zum Ausleben der nun wirklich niedrigsten Instinkte.

Einige wenige, die ihre Stimme erhoben und bedächtig an Sitte und Anstand der Vorväter gemahnten, gingen sang- und klanglos unter im Gekreische und Gejohle derer, die im exzessiven Sinnestaumel auch den letzten Funken ihrer unermesslichen Lebensgier auszukosten trachteten. Es kam, wie es kommen musste: jahrelange Bürgerkriege, gefolgt von Hungersnöten und Seuchen, schließlich offene Anarchie. Bis endlich die letzten armseligen Exemplare dieser einst so stolzen Spezies vom schwarzen Nesselfieber dahingerafft wurden.

Aufgabe: *Vergleichen Sie kräftig. Seien Sie um Himmels willen nicht kleinlich.*

Kopfschüttelnd legte Erdmann das Blatt zu den Unterlagen des Schülers zurück. War die Rothenberg verrückt geworden?

* * *

An einem Montag Anfang April stand Philipp im Lehrerzimmer und las den Aushang ein drittes Mal.

Die Referendarin Miriam Falter würde in den folgenden vier Wochen aufgrund eines besonderen Projektes ihres Ausbildungsseminars nicht im Hause tätig sein.

Vier Wochen!

* * *

Luise Rothenberg war wütend.

Solche Klausuren hatte sie in ihrer nunmehr vierzehn Jahre zählenden Berufstätigkeit noch nicht lesen müssen. Sie schaute noch einmal in Mangolds Klausur.

Mir erscheint die Theorie, dass die Saurier sich nicht richtig auf die Eiszeit vorbereitet haben, sehr wahrscheinlich. Auch heute noch ist das ja so, dass richtige Vorbereitung auf zum Beispiel etwaige Jahreszeiten sehr wichtig ist. Wer im Sommer auf Mallorca ohne einen Eimer Sangria dasteht, ist selber schuld. Afrikaner zum Beispiel denken ja nun überhaupt nicht langfristig, haben aber das große Glück, dass es bei denen ja nie kalt ist und sie somit auch nicht bestraft werden wie die Saurier, was irgendwie auch ungerecht ist, da die einen aussterben mussten, während die anderen fett Entwicklungshilfe abziehen, was ja wohl …

Sie ließ das Blatt auf den Schreibtisch fallen und ging hinunter in die Küche, um sich eine Flasche Wasser zu holen.

»Ärger?«, fragte Till Rothenberg, vom Säubern der Brunnenkresse aufblickend.

»So ist es.«

»Wegen der Dinos?«

»Korrekt.«

»Das tut mir wirklich leid.«

Till Rothenberg schob die Schale mit der Brunnenkresse beiseite. Er umfasste Luises rechte Hand.

»Da hat es dich ja schwer erwischt.«

Luise Rothenberg schaute für ein paar Momente auf ihren Till, fuhr ihm mit der Linken kurz durchs Haar, wendete sich dann von ihm ab und ging zum Kühlschrank. Mit dem Rücken zu ihm stehend, nahm sie eine Flasche heraus.

»Das ist lieb von dir, Schatz.«

Sie verdrehte die Augen.

Till war so wie immer. Ruhig. Voller Verständnis. Mitfühlend und rücksichtsvoll. Einfach grauenhaft, gnadenlos rücksichtsvoll. Wie sollte ein halbwegs normaler Mensch so etwas aushalten?

»Ich schaue noch mal kurz, ob Simon schon schläft. Dann können wir ja noch mal reden.«

Till Rothenberg verschwand in Richtung Kinderzimmer.

Reden? Reden? Schon wieder reden? Wen oder was hatte sie da nur geheiratet? Und warum? Hatte sie als junge Frau davon geträumt, in der Nacht neben einem Mann zu liegen, der tagsüber Marmelade kochte?

Sollte sie sich scheiden lassen?

Ihr Blick fiel in die halb herausgezogene Schublade des eichenen Küchenschranks. Eine frisch polierte Klinge glitzerte im Licht der Küchenlampe. Aber warum sich mühsam scheiden lassen? Viel zu viele Umstände. Sie könnte einfach das formschöne Küchenmesser aus dem Hause *Manufactum* (Normalstahl mit Griff aus gebeiztem Kirschholz) bis zum Heft in sein nobles Herz rammen. Die Wahl der Tatwaffe würde Till mit seinem Tod versöhnen: Wenn schon ermordet, dann ökologisch korrekt. Darüber sollte sie mal nachdenken. Na ja, das musste sie ja nicht sofort tun, vielleicht später, in den Ferien. Da würde sie mehr Zeit haben. Im Moment hatte sie genügend andere Sorgen.

Sie trank einen Schluck Mineralwasser. Nachdem sie die gefälschte Aufgabenstellung entdeckt hatte, las sie einige Schülerarbeiten und schlug die Hände über dem Kopf zusammen. Gleich am nächsten Tag war sie zu Weyhrauch ins Büro marschiert. Sie hatte ihm erklärt, dass sie am Tag der Klausur krankgeschrieben gewesen war und dass sie deshalb den ganzen Unsinn nicht habe verhindern können. Der hatte ihr versichert, dass er jederzeit, in jeder Hinsicht und vollkommen auf ihrer Seite stehe und ihr wiederholt seine absolute und unerschütterliche Solidarität versichert. Als sie Weyhrauch jedoch bat, die Arbeit mit einer vernünftigen Aufgabenstellung wiederholen zu dürfen, hatte Weyhrauch abgelehnt. Man könne die Schüler nicht für etwas bestrafen, an dem sie keine Schuld trügen. Weiterhin hatte er auf mögliche Folgen einer Wiederholung hingewiesen. Die würden, kurz zusammengefasst, darauf hinauslaufen, sie, also die Kollegin Rothenberg, zur unbestrittenen Närrin des Jahrzehnts zu machen. So hatte sie unverrichteter Dinge abziehen müssen, allerdings nicht ohne von Weyhrauch daran erinnert worden zu sein, dass dessen Tür immer für sie offen stehe, und zwar sperrangelweit. Und nun musste sie diesen Schwachsinn lesen, benoten und zur Belohnung in feixende Schülergesichter schauen. Ihrem Leistungskurs Biologie war längst klar, was das für ein Unsinn war. Denn Luise Rothenberg ermunterte die jungen Menschen ständig dazu, selbstständig zu denken und nichts ohne Prüfung zu akzeptieren. Zudem waren ihre Schüler nicht dumm.

Sie nahm das Messer aus der Schublade.

Wer konnte nur hinter diesem ganzen Blödsinn stecken? Ob es Kollegen wie Erdmann oder Ramcke waren? Eher unwahrscheinlich. Erdmann steckte in der Midlife-Crisis und Ramcke würde auf keinen Fall hinterrücks und feige vorgehen. Ramcke war geradeheraus, der sagte einem die brutalsten Dinge einfach ins Gesicht. Mit wem hatte sie denn noch richtig Ärger gehabt?

Plötzlich fiel ihr Braitbachs dreckiges Lachen bei der letzten Konferenz ein. Braitbach, diese alte Chauvisau (anders konnte man den Mann nun beim besten Willen nicht bezeichnen), hatte sich schon häufiger über sie lustig gemacht, vor allem, wenn sie schulische Belange aus Frauensicht bewertete. Das könnte schon eher hinkommen. Eigentlich kam außer Braitbach niemand in Frage: Wer sonst als einer dieser verknöcherten Dinosaurier? Wer sonst als einer von denen, die es nicht ertrugen, dass sie die Schüler, die Schule und das Unterrichten liebte? Dieses ganze Getue von wegen »neuer Geist des Miteinanders« und ähnlichem Unsinn, wie hatte sie nur darauf reinfallen können? Friede, Freude, Eierkuchen im Kollegium? Wer glaubte denn an so einen Unsinn? Ein Lehrerzimmer, das war eine Schlangengrube und sonst gar nichts.

Sie glitt mit einer Fingerkuppe über die Klinge.

Da hatte sich der Kollege aber geschnitten.

Sie würde sich rächen.

Ihr würde schon etwas einfallen.

Sollte sie zur Absicherung jemanden ins Vertrauen ziehen? Aber wen? Vielleicht jemanden, der selbst nicht so furchtbar helle war? Jemand, der als Werkzeug taugte? Wer käme da in Frage?

Vielleicht Philipp Willms?

Eine Hand legte sich auf ihre Schulter.

»Bin wieder da. Simon schläft, habe das Licht ausgemacht, ist alles in Ordnung.«

Sie spürte Tills Lippen in ihrem Nacken.

»Du, ich muss noch mal an den Schreibtisch. Brauchst nicht auf mich zu warten, Schatz. Geh ruhig schon schlafen.«

Luise Rothenberg löste sich von ihrem Gatten, nahm die Wasserflasche und verschwand in ihr Arbeitszimmer.

Till Rothenberg setzte sich an den eichenen Küchentisch. Die Brunnenkresse war zu säubern.

* * *

Die Kellnerin stellte den Apfelstrudel mit Vanillesoße auf den Tisch, lächelte und ging zurück zur Theke. Philipp griff zur Kuchengabel.

»Das ist ja unglaublich, Luise, da hat doch einer deine Klausur manipuliert.«

»Ja, genau, und Weyhrauch läßt mich hängen.«

Sie machte eine abwertende Handbewegung.

»Na, geschenkt, ich weiß ja, wer es war.«

Philipp sah vom Kuchen auf.

»Tatsächlich, wer denn?«

»Braitbach, das alte Sackgesicht.«

»Ach, glaubst du wirklich? Der Braitbach?«

»Ja, mein lieber Philipp«, meinte Luise Rothenberg, jedes Wort einzeln betonend, »das glaube ich wirklich, es war Braitbach, das, ich wiederhole es gern, *alte Sackgesicht*.«

Philipp zerteilte den Apfelstrudel mit der Gabel in zwei Hälften.

»Na, ich weiß nicht, Luise, übertreibst du da nicht etwas? Der Braitbach, der ist doch eher harmlos.«

»Na, wer soll es denn sonst gewesen sein? Etwa Karst?«

»Nein, nein, Karst natürlich nicht, das ist schon klar, gib mir mal einen Moment Zeit zum Überlegen …«

Luise Rothenberg griff zur Kaffeetasse.

Philipp aß einen Bissen von seinem Kuchen. Dann legte er die Gabel ab.

»Warte mal, Luise, denk doch mal nach, der Braitbach, der macht eigentlich gar nichts ohne den Ramcke, der Ramcke ist doch sein Spezi, sein Held, sein …«

»Der Ramcke soll es gewesen sein? Was ist das denn für ein Unsinn, Philipp.«

Luise Rothenberg stellte ihre Kaffeetasse ab.

Was Männer anging, da hatte sie wirklich ein gutes Händchen. Einen Marmeladenkocher als Lover und einen Volltrottel als Verbündeten.

Super.

Sie lächelte Philipp an und winkte die Kellnerin heran, um zu bezahlen.

* * *

Wenige Tage später trat ein gutgelaunter Fredy Braitbach ins Lehrerzimmer, grüßte freundlich in die Runde und ging an sein Fach, um sämtliche Rechnungen der vergangenen Monate über Fachbücher, Zeitschriften, Unterrichtsmaterialien und ähnlichen Krimskram zu ordnen, abzuheften und alles wie gewohnt seiner alljährlichen Steuererklärung hinzuzufügen.

Er öffnete die Tür und starrte in sein Fach.

Es war leer.

Die Nachricht vom Verschwinden sämtlicher Quittungen, die man zum Zwecke einer Steuerminderung (!) hätte geltend machen können, machte im Lehrerzimmer die Runde und sorgte für Totenstille.

In Momenten wie diesen hielten selbst hartgesottene Gewerkschaftler inne. Einige bekreuzigten sich.

* * *

»Wenn ich den Kerl erwische, dann … ich schwöre dir …«

Fredy Braitbach schüttelte eine Faust.

»Aber wer war es denn?«

»Weiß nicht genau, aber ich glaube, der Erdmann.«

»Gut möglich«, räumte Ramcke ein, »aber was, wenn er es doch nicht war? Mensch, überleg doch mal, muss ja kein Mann gewesen sein, vielleicht war es eine Kollegin, lass mal überlegen, vielleicht die Rothenberg, die …«

»Quatsch, Kollegin, was soll das denn? Außerdem, der Erdmann hat sowieso eine Strafe verdient wegen der ganzen Sachen in den letzten Jahren. Der war doch immer gegen uns.«

»Auch wieder wahr.«

»Dann sollten wir was unternehmen.«

* * *

Nach einem in München verbrachten Wochenende – er hatte sich das BMW-Museum angeschaut – kehrten Erdmann und seine Frau am späten Sonntagabend in ihr Eigenheim zurück. Sie fanden die Kellerräume voller Wasser. Offensichtlich war ein Wasserhahn nicht vorschriftsmäßig zugedreht worden. Erdmann war sicher, alle Hähne vor der

Abfahrt kontrolliert zu haben. Die Versicherung schickte einen Sachverständigen, der untersuchte, photografierte, protokollierte und die Sache ganz anders sah: Eigenverschulden als Folge grober Fahrlässigkeit, so sein Bericht. Folgerichtig weigerte sich die Versicherung, auch nur einen Euro zu zahlen.

Erdmann raste.

* * *

Philipp genoss das letzte Stück seines Apfelstrudels.

»Aber Herr Erdmann, sind Sie da ganz sicher? Sabotage?«

»Ganz sicher, Herr Willms, ganz sicher, und es war der Möller, hundertprozentig, glauben Sie mir, es kommt gar niemand anders in Frage.«

Philipp griff zur Serviette.

»Entschuldigen Sie, aber möglicherweise irren Sie sich, es könnte doch auch jemand anders gewesen sein, zum Beispiel Braitbach, aber nein, halt, warten Sie, jetzt habe ich es, natürlich, der Braitbach macht ja nichts ohne seinen Spezi, seinen Helden, den Ram …«

»Unsinn, es war der Möller. Also, was ist nun, helfen Sie mir jetzt oder nicht?«

* * *

Am folgenden Wochenende begab sich Bernd Möller mit einigen Freunden ins Umland zum Kajakfahren. In der Nacht von Freitag auf Samstag brannte sein Gartenhaus nieder. Am späten Sonntagnachmittag fand sich Möller im heimischen Garten wieder, leicht vornübergebeugt, mit einem Stock in einem Haufen Asche herumstochernd, inmitten qualmender Überreste.

* * *

Die Atmosphäre an der Schule war gekennzeichnet von Misstrauen, Störmanövern und allgegenwärtiger Sabotage. Die Elemente verdichteten sich zu einem heimtückischen Gemisch, das Meter für Meter die hellgrauen Korridore entlangzog, sodann das zweite Stockwerk eroberte, durch Schlüssellöcher in verschlossene Klassenräume eindrang, ungehindert durch geöffnete Türen in Chemieräume und Physiksäle wehte, sich in der Turnhalle breitmachte und schließlich die beiden Gebäude des Gymnasiums vollkommen umschloss.

Die höchste Konzentration erreichte es im stets leicht muffigen Lehrerzimmer.

* * *

An einem Montagmorgen Ende April begehrte die Klassensprecherin der 8b den Direktor zu sprechen und wurde von Frau Maasbach zu Weyhrauch vorgelassen. Sie erkundigte sich, mit zitternder Stimme und nervös an ihren Zöpfen ziehend, ob es tatsächlich – wie es die aushängenden Wettkampflisten auswiesen – erforderlich sei, die hundert Meter unter neun Sekunden zu laufen, um eine Vier zu erhalten. Außerdem würde sie gern erfahren, ob es mit rechten Dingen zugehe, wenn für vierzehnjährige Mädchen die Mindestweite im Kugelstoßen mit einhundertachtzehn Metern angegeben sei. Auch schien ihrer Klasse das vorgeschriebene Gewicht der zu stoßenden Kugel mit zwanzig Kilogramm leicht überhöht.

Weyhrauch beruhigte die Schülerin und versprach, sich um alles zu kümmern. Später saß er, einen Zigarillo rauchend, in seinem Büro und machte sich so seine Gedanken.

* * *

Aufgrund manipulierter Aushänge herrschte täglich Unsicherheit über anstehenden Unterricht, ausfallenden Unterricht, zu erteilenden Unterricht, verschobenen Unterricht, zu vertretenden Unterricht, Raumwechsel, unbedingt einzuhaltende Prüfungszeiten, verschobene Prüfungstermine, abgesprochene Prüfungsthemen oder angekündigte Exkursionen.

* * *

Kollegen ließen Taschen mit ihren Unterlagen nicht mehr unbeaufsichtigt in Klassenräumen oder dem Lehrerzimmer zurück. Nie konnte man sicher sein, diese später vollständig wiederzufinden. Verschwunden waren, von einem Tag zum anderen, Arbeitsblätter, Fachbücher, Kopierpapier, Nachweise über geleistete Fortbildungen, Lösungsblätter oder Abiturunterlagen.

Der Kollege Erdmann zum Beispiel: Er stellte eines Morgens den Verlust seines Unterrichtswerks *Biologie III* fest. Angesichts der in wenigen Minuten zu haltenden Stunde geriet er in Panik. Er entnahm das Buch dem Fach des Kollegen Rotteck, der sich zu diesem Zeitpunkt in einer anderen Klasse aufhielt. Erdmann wurde aber bei dieser Aktion von der Kollegin Mersbach beobachtet, die wiederum den Kollegen Rotteck über diese Ungeheuerlichkeit zu informieren als ihre kollegiale Pflicht empfand. Unverzüglich suchte sie deshalb Rottecks Klassenraum auf. Ursprünglich hatte Erdmann selbstverständlich beabsichtigt, das Buch unmittelbar nach Beendigung der Stunde in Rottecks Fach zurückzulegen. Den Kollegen hätte er sodann, wenn auch nur im Nachhinein, über seine, wie er selbst fand, grobe, letztlich jedoch einer unvorhersehbaren Notlage geschuldeten und insofern entschuldbaren Eigenmächtigkeit informiert.

Zu dieser fairen Geste im harten Unterrichtsgeschäft allerdings konnte es nicht mehr kommen.

Der Kollege Rotteck, zwischenzeitlich von der besagten Kollegin Mersbach über die Situation in Kenntnis gesetzt, erschien noch während der laufenden Stunde im Unterricht Erdmanns. Er stampfte zwischen den staunenden Schülerreihen zu dessen Pult, titulierte diesen laut und vernehmlich als »gemeinen Dieb, Aasgeier und Kollegenschwein«, entriss sein Buch Erdmanns Händen und verschwand.

Erdmann wiederum, der sich an die Anwesenheit der Kollegin Mersbach in jenem entscheidenden Moment im Lehrerzimmer wohl zu entsinnen wusste, erkannte, wem er diese beschämende Peinlichkeit zu verdanken hatte. Zweifellos der Kollegin Mersbach, Sport und Politische Bildung. Die Sportlehrerin Sigrid Mersbach fand sich bereits kurze Zeit später bei polizeilichen Verhören wieder, denn in ihren Stunden kam es wiederholt zu schwerwiegenden Unfällen. Obwohl sie, wie sie unter Tränen beteuerte, sämtliche Sportgeräte sorgfältig und regelmäßig zu warten pflegte, war es wie verhext. Schrauben lösten sich an solide erscheinenden Reckstangen. Ein fabrikneuer Barren (Stahlgerüst plus Eschenholz) krachte unter dem Gewicht einer magersüchtigen Siebtklässlerin in sich zusammen. Trotz der uneingeschränkten Solidarität des gesamten Kollegiums, insbesondere der Kollege Erdmann tat sich in dieser Beziehung mit einer Pro-Mersbach-Unterschriftenaktion hervor, war sie schlechterdings nicht zu halten. Sie musste versetzt werden.

* * *

Bernd Möller bat den Schüler, Platz zu nehmen.

Pascal Mangold setzte sich. Vor dem Beginn der mündlichen Abiturprüfung Geschichte, so Möller, wolle er noch kurz die Prüfungskommission vorstellen. Zu seiner Linken der Herr Willms, der das Protokoll gewissenhaft führen werde. Zu seiner Rechten die Prüfungsvorsitzende Frau Siegel, die der Schüler sicherlich aus eigenem Unterricht kenne. Mangold nickte. Gesine und Philipp lächelten dem Schüler wohlwollend zu. Möller fragte den Schüler nach der Bedeutung der Parteienvielfalt in der Weimarer Republik. Er denke da an den Dezember 1924, als sich nicht weniger als dreiunddreißig Parteien zur Wahl stellten. Der Schüler meinte, ihm sei sehr wohl bewusst, auf was diese Frage abziele, nämlich auf die Schwächen und damit auf das Ende der ersten deutschen Demokratie.

Möller gähnte und nickte.

Pascal Mangold bestritt die Relevanz dieses Phänomens.

Möller schaute überrascht zu ihm herüber.

Pascal Mangold verwies auf die neuesten Studien von Erbacher und Ringdorf, die nachweisen konnten, dass die Weimarer Republik nicht in erster Linie gescheitert sei, weil es zu viele, sondern weil es zu wenige Parteien in den Zwanzigerjahren gegeben habe. Deren Aufsatz »Weimar: Mangel an Alternativen« werde in der kommenden Ausgabe der *Historischen Zeitschrift* erscheinen. Er gebe freilich zu, da sei an einen Vorabdruck nicht so leicht heranzukommen. Trotzdem stünden dem versierten Fachmann etliche Wege offen, aber auch, und hier folgte ein Seitenblick auf Möller, dem interessierten Laien.

Möller schaute Mangold mit offenem Mund an.

Er müsse sich schon sehr wundern, sich hier einem immerhin doch staatliche Prüfungskommission genannten Ensemble gegenüberzufinden, welches sich offensichtlich und zu seiner Überraschung nicht auf der Höhe der Zeit beziehungsweise des aktuellen Forschungsstandes wisse. Zumindest im Hinblick auf diesen einen Aspekt, wie er gern einschränkend hinzuzufügen sich beeilen wolle. Die Ursache aber, dies wolle er zugestehen, könne darin begründet liegen, dass Lehrer einen vor etlichen Jahren oder, hier folgte wiederum ein Seitenblick zu Möller, etlichen Jahrzehnten an einer Universität erworbenen Forschungsstand geradezu verinnerlicht hätten. Diesen hielten sie für der Weisheit letzten Schluss und deshalb fänden neuere Erkenntnisse nur selten den Weg in eine Schule. In eine staatliche Schule wohlgemerkt, wolle er präzisierend hinzusetzen.

Bernd Möller verschränkte die Arme vor seiner breiten Brust.

An privaten Schulen ergäbe sich da meistenteils ein anderes Bild. Aber sein Vater habe nun einmal diese Schule für ihn bestimmt. Da müsse man sich notgedrungen fügen. Außerdem seien noch die mannigfaltigen Aufgaben des Lehrers im Schulalltag zu bedenken: Aufsichten, Klassenfahrten, Fachkonferenzen, Dienstkonferenzen, halbjährliche Versetzungskonferenzen, Elternsprechstunden, Korrekturen, Fortbildungen, die tägliche Fron der Unterrichtsvorbereitung, Unterrichtsnachbereitung, Zwischenanalysen und so weiter und so fort. Es sei leicht ersichtlich, dass solcherart Belastungen es kaum erlaubten, einen Wissensstand, nun, wie solle er sich da ausdrücken, – hier trug er ein wenig Gel auf sein Haupthaar auf – zu verjüngen.

Mangold hielt inne und schaute die Prüfungskommission freundlich lächelnd an.

Möller erkundigte sich, ob er etwa eins in die Fresse wolle. Er mache sich anheischig, ihm seine Visage ordentlich zu polieren. (An dieser Stelle unterbrach der Protokollant

Philipp Willms für einen Moment seine Tätigkeit, da er ein interessantes Muster an der Zimmerdecke entdeckt hatte.)

Pascal Mangold bot an, sich nach der Prüfung hinter der Turnhalle zu treffen, um dortigen Orts diese missliche Angelegenheit zu erledigen. Aber nicht so, wie es wohl Akademiker oder, wie in seinem Fall, angehende Akademiker, zu erledigen pflegten, sondern so, wie es richtige Männer zu allen Zeiten getan hätten.

Gesine wollte wissen, ob er also plane, wegzulaufen oder einen Dritten die Drecksarbeit erledigen zu lassen.

Mitnichten, erwiderte Mangold, im Kofferraum seines Ferrari 550 Barchetta Pininfarina befände sich ein Satz Florette, die zur Verfügung zu stellen ihm eine reine Freude wäre. Es könne natürlich sein, dass der Herr Möller den Umgang mit diesen Gegenständen nicht gewöhnt sei und ihnen vertrautere Waffen vorzöge. In einem solchen Fall hätte er auch nichts dagegen einzuwenden, wenn man sich mit geköpften Bierflaschen, Stuhlbeinen oder bloßen Fäusten behülfe.

Möller meinte, dies sei Zeitverschwendung. Man könne die Prüfung jederzeit unterbrechen, die Angelegenheit klären und im Anschluss weiterprüfen.

Pascal Mangold gab zu bedenken, dass der Kollege Möller eventuell nach einem Zwischenspiel hinter der Turnhalle nicht mehr in der Lage sein könnte, die Prüfung fortzuführen. Er sollte ja zum Beispiel sprechen können. Dies sei mit einer Fraktur des Unterkiefers oder einer durchtrennten Aorta vielleicht nicht hundertprozentig gewährleistet.

Möller seinerseits räumte ein, dass, falls man sich nun augenblicklich hinter die Turnhalle verzöge, vielleicht nachher nichts mehr an Prüfling vorhanden sein könne, was sich zu prüfen lohne.

Mangold meinte, dieses langatmige Erörtern drohe sich hinzuziehen; das komme ihm ungelegen, da er noch weitere Termine hätte. Unter anderem beabsichtige er am frühen Nachmittag seine Lipizzaner zu voltigieren.

Gesine meinte, eine Rückkehr zum eigentlichen Zweck des Zusammentreffens sei nun angebracht.

Daraufhin meinte Möller, im Grunde habe die Prüfungskommission ihr Bild von der Leistung des Schülers bereits gewonnen. Der Schüler sei hiermit entlassen, die Prüfung vorbei. Mangold verließ das Zimmer.

Möller stand auf und bat Philipp und Gesine um eine kleine Pause, da er hinter der Turnhalle eine Zigarette zu rauchen gedenke.

Gesine sah ihn an. Daraufhin setzte Möller sich wieder hin. Gesine meinte, persönliche Befindlichkeiten dürften keine Auswirkungen auf die Bewertung haben, weswegen sie für die Note Zwei plus plädiere. Möller war für eine Sechs, man dürfe sich so etwas von Schülern nicht bieten lassen, das führe geradewegs in die Anarchie. Philipp meinte, es sei nach den Vorkommnissen der vergangenen Monate nur logisch, wenn die Schüler mit gleicher Münze zurückzahlten. Das müsse man verstehen. Gesine stimmte Philipp zu und verwies Möller auf den Umstand, dass sie als Prüfungsvorsitzende bei der Benotung das letzte Wort sowie Philipp auf ihrer Seite hätte. Möller gab widerwillig nach, verlangte aber eine Zwei minus. Gesine nickte und trug die Note ein. Philipp stand auf und holte den nächsten Prüfling.

* * *

Philipp stellte eine weitere Flasche Saint-Émilion Grand Cru in sein Weinklimagerät. Ein Sonderangebot, zwölf Flaschen mitnehmen, elf bezahlen. Was für ein Glück! So sollten alle Samstage beginnen. Im Radio lief irgendein Hit.

Dancing with my baby
All night long

Philipp sang lauthals mit:

Dancing with my baby
All night long

Während er seine Vorräte auffüllte, kam ihm Ramckes wütendes Gesicht vom Vortag in den Sinn. Wie jedes Jahr hatte Ramcke am 3. Mai seinen Geburtstag feiern wollen. Diesmal hatte er sogar einen besseren Catering-Service beauftragt. Die Tabletts mit Lachsschnittchen und Gänseleberpastete standen pünktlich zur ersten großen Pause bereit. Im Lehrerzimmer roch es nach frisch gekochtem Kaffee. Ramcke und Braitbach füllten eifrig Sektgläser.

In der Pause ließ sich aber, außer Philipp, niemand blicken. Ramcke und Braitbach blieben auch die nächste Pause allein. Philipp stellte sich ratlos und hilfsbereit. Ramcke murmelte etwas von Verleumdungen, Braitbach von Sabotageakten. Nach der sechsten Stunde luden die beiden die Leckereien in Braitbachs Volvo und fuhren davon.

Philipp stellte die letzte Flasche ins Fach.

Mit Ramcke ging es bergab, kein Zweifel.

Am kommenden Montag würden die vier Wochen vorbei sein.

Die entscheidende Konferenz zu Karsts Nachfolgeregelung stand in der Woche darauf an.

Alles bestens. Er lag voll im Plan.

Sollte er sich eine wirklich teure Flasche Wein gönnen? Bald würde es etwas zu feiern geben.

Jahrelang hatte er das Gefühl gehabt, irgendwo auf halber

Strecke stehengeblieben zu sein, als hätte ihn etwas an einem Provinzbahnhof aufgehalten und an der fest eingeplanten Weiterreise in die leuchtende Weltstadt gehindert, in der bereits ein formidables Empfangskomitee auf ihn wartete.

Endlich, nach all den Jahren, würde er beginnen, der zu werden, der er wirklich war; und wer weiß, vielleicht wäre das noch nicht das Ende, vielleicht würde ihn sein Weg noch weiter führen …

Das Eigentliche in seinem Leben, es würde noch kommen.

Dancing with my baby
All night long

6. Kapitel

Samstag: Miles Davis und Grand Cru.

Sonntag: Miles Davis und Grand Cru.

Sonntagnacht: unruhiger Schlaf.

Montagmorgen: frühes Aufstehen, ausgiebiges Duschen, Nassrasur, Aftershave (Christian Dior), Föhnen, Frühstück, Zähneputzen, Tagescreme (Homme Galland Paris) und los.

Montag, erste große Pause: Sie taucht nicht auf.

Montag, zweite große Pause: Sie ist nicht da.

Montag, nach der 6. Stunde: nicht da.

Montag, nach der 9. Stunde: nicht da.

Dienstag: nicht da.

Mittwoch Donnerstag Freitag: s. o.

Samstag: Grand Cru.

Sonntag: Grand Cru.

Montag: nichts.

* * *

Philipp hatte sich an diesem Dienstagmorgen Mitte Mai zum Bunker gekämpft, drei Stunden in seinem Geschichtskurs des zwölften Jahrgangs den Untergang Weimars besprochen und war anschließend ins Lehrerzimmer gegangen, um Kaffee zu trinken und nach Miriam Ausschau zu halten.

Fehlanzeige.

Jetzt war sie schon den neunten Tag überfällig.

Zwar hatte er bei ihr angerufen, aber nur eine kurze Nachricht auf ihrem Anrufbeantworter hinterlassen können. Zurückgerufen hatte sie nicht.

Philipp sah Karst und winkte ihm zu. Karst, vor der Kaffeemaschine stehend, schien durchaus bereit, Philipps Geste wohlwollend auf ihre Bedeutung hin prüfen zu wollen, entschied sich dann aber offensichtlich dagegen; routiniert wich Karst seinem Blick aus und verließ hastig den Raum. Philipp nahm sich einen Kaffee und setzte sich an den Tisch. Er sah sich um.

Ramcke kam herein und ging zur Kaffeemaschine. Philipp stellte sich zu ihm und erkundigte sich nach der Referendarin. Als Vorwand diente ihm sein Creative-Writing-Kurs.

Ramcke sagte, soweit er wisse, sei sie krank.

Etwas Kaffee schwappte auf Philipps Untertasse.

Krank?

Schnupfen? Erkältung? Grippe? Lungenentzündung?

Philipp, Schweiß verklebte ihm den Rücken, meinte, bei dem nasskalten Wetter seien ja viele Kollegen erkältet.

Ramcke mauerte: Es handele sich wohl um nichts Ernstes. Gleichwohl, Genaueres wisse er auch nicht, er habe die junge Dame schließlich seit mehr als fünf Wochen nicht gesehen. Mit dieser dürren Mitteilung ließ er Philipp stehen.

Philipp ging zum Fenster.

Wie bitte? Genaueres wisse er nicht? Ramcke gab sich mit so etwas zufrieden? Ausgerechnet Ramcke, der sonst keine Entschuldigung gelten ließ?

Und Philipp sollte sich mit diesen äußerst mageren Informationen (faustdicken Lügen? vorsätzlichen Irreführungen?) zufriedengeben?

Außerdem: Hatte nicht, während Ramcke mit ihm sprach, ein falsches Lächeln sein kantiges Kinn umspielt?

Seit mehr als fünf Wochen nicht gesehen? Wer sollte ihm so etwas glauben? Hatte Ramcke sich ihre Adresse besorgt? War er in der Dunkelheit in ihr Haus geschlichen? Oder hatte er womöglich einen Detektiv engagiert, der die Ahnungslose observierte?

Das allerdings sähe ihm ähnlich, Miriam heimlich beobachten zu lassen. Dieser Spanner! Widerlich! Ekelhaft! Wie konnte man nur so tief sinken? Wahrscheinlich hatte er zu Hause heimlich geschossene Photos betrachtet: Miriam schlendernd in der Fußgängerzone, Miriam ahnungslos mit Freunden im Café. In Ramckes Träumen erschien Miriam in schwarzbespitzten Dessous, im Stringtanga, im Negligé, stets sich willig vor ihm räkelnd, schamlos die Beine sprei …

Philipp konnte es sich ausmalen:

Der brünstige Bock war schließlich, da er es vor Gier nicht mehr aushielt, in ihr Stockwerk hinaufgeschlichen und hatte den Klingelknopf gedrückt. Die Unschuldige hatte sich im Nachthemd an die Wohnungstür geschleppt und diese lediglich einen klitzekleinen, winzigen Spalt geöffnet.

Das war ihr Fehler.

Schon hatte sich Ramcke unter dem fadenscheinigen Vorwand des Helfenwollens Einlass in ihr Reich ergaunert. An ihrem bleichen Gesicht vorbei war er aalglatt hineingewieselt und hatte sogleich von der Küche Besitz ergriffen, während sie derweil hüstelnd in ihr Bett zurückfand. Sekunden später war er in ihrem Schlafzimmer angelangt.

Was war dann geschehen?

Er sah es vor sich:

Ramcke saß dreist mit seinem gehärteten Sportlerarsch auf ihrer Bettkante, flößte der Wehrlosen handgepflückten

Tee ein. Miriams geschwächter Körper war nur durch eine dünne, mit unschuldigen floralen Mustern versehene Bettdecke vor Ramckes Blicken geschützt. Dessen Gesichtszüge wurden starr, zwei kalte Reptilienaugen fixierten ihr Opfer. Würde sie sich aufgerichtet haben, dabei die Bettdecke den Bruchteil eines Zentimeters zu weit verrutschen lassend? In Ramckes Maul lagerte bereits lauernd die lange Zunge, um sich in der köstlichen Mundhöhle mit dem Organ Miriams zu verknoten. Wo genau befand sich in diesem kritischen Moment Ramckes Hand? Tupfte er ihre königliche Stirn ab? Oder wanderte sie bereits suchend unter …

Philipp konnte sich des unerwarteten Ansturms solcher Vorstellungen nicht erwehren, die verstörenden Bilder ließen sich einfach nicht verdrängen. Er spürte sackendes Blut, nachgebende Knie, Hitzewellen im Gesicht.

Das Verlangen allein zu sein, alles überlagernd, nichts anderes gelten lassend, machte sich schmerzhaft in ihm breit.

Mit der Rechten stützte er sich am Tisch ab, setzte sich auf einen Stuhl.

So überstand er diese Augenblicke.

Leicht wankend verließ er das Lehrerzimmer.

* * *

Ebenfalls an diesem Dienstag öffnete Eberhard Rotteck sein Fach, um die letzten Vorbereitungen für den kommenden Arbeitstag zu treffen. Überrascht gewahrte er in der Innenseite der Tür ein Farbphoto, das sich am Morgen, da war er sich ganz sicher, dort noch nicht befunden hatte. Es zeigte eine übergewichtige Frau mittleren Alters in einer fleckigen, enganliegenden, Speckwülste betonenden Tigerfellhose vom Textildiscounter. Sie grinste, einen fettigen Döner zwischen wurstigen Fingern balancierend, in die Kamera.

Ihr Gesicht kannte er. Es war das seiner Frau.

Sicher, Ursula, seine Frau, war nicht gerade unterernährt, sie stand schon, wie man so sagte, »gut im Futter« (und er liebte sie dafür), aber diese Photomontage war schlichtweg eine Unverschämtheit.

Rotteck zog die Augenbrauen zusammen und ließ das Photo schnell verschwinden.

* * *

Rainer Erdmann wartete, bis auch der letzte trödelnde Schüler der 7a das Klassenzimmer verlassen hatte. Das Verschließen der Tür und die Rückkehr zum Pult war eine Sache von Sekunden. Dem Klassenbuch entnahm er die Farbphotografie, die er an diesem Morgen als Anhang in einer E-Mail gefunden hatte. Es zeigte eine auf einem Bett hingestreckte Frau, gekleidet in schwarzes Bustier und Strapsen, deren rechte Hand in einem feuerroten Stringtanga verschwand. Der Zeigefinger ihrer Linken krümmte sich auffordernd in Richtung Betrachter.

So hatte er seine Frau, die gemeinhin praktische Alpakakleidung aus dem Naturkaufhaus bevorzugte, noch nie gesehen. Ihm war klar, dass es sich um eine, allerdings vom rein technischen Standpunkt her gesehen geglückte, Photomontage handelte. Gottseidank hatte sie kein Schüler oder Kollege gesehen, das hätte sich zu einer immensen Peinlichkeit auswachsen können. Mit der gefährlichen Photografie in der Tasche begab er sich zu seinem Auto. Am Parkplatz angekommen, blieb er vor seinem Volvo stehen.

Hinter dem Scheibenwischer klemmte dasselbe Photo.

Vielleicht befand es sich dort schon seit Stunden, womöglich hatte es jeder Schüler, jeder Kollege und jeder zufällig vorbeikommende Passant gesehen.

Rasch zerrte er es hervor und zerriss es.

Während der Fahrt nach Hause ging er systematisch das Kollegium durch. Allerhand Gedanken schossen ihm durch den Kopf.

* * *

Am Mittwoch, während der großen Pause, dem Tag der entscheidenden Konferenz, betrat Rainer Erdmann das vollbesetzte Lehrerzimmer. Er schaute sich um, sah Braitbach im Gespräch mit Ramcke sowie einen zeitungslesenden Rotteck.

Er setzte sich zu Ramcke und begann recht bald mit lauter Stimme den schier wahnsinnigen Schlankheitsterror der modernen Gesellschaft zu geißeln. Seine Schülerinnen würden von Schuljahr zu Schuljahr dünner und dünner. Auf die Dauer werde dies notwendigerweise in immensen gesellschaftlichen Verwerfungen enden, ja die Grundfesten unserer Gesellschaft erschüttern. Glücklicherweise gebe es an diesem Gymnasium noch einige wenige Gegenbeispiele, die den Schülerinnen vor Augen führten, wie schön und attraktiv frauenmäßig gerundete Körper seien, Körper, an denen, wie man früher anerkennend gesagt habe, »auch etwas dran« sei.

Einige der Kollegen murmelten Zustimmendes.

Alle Kolleginnen (bis auf Gesine) lobten die Vernünftigkeit seiner Ansichten.

Nur der Kollege Rotteck zog die Augenbrauen zusammen. Äußerlich ruhig faltete er seine Zeitung sorgfältig zusammen und verstaute diese in seiner Tasche. Dann drehte er sich zum wortführenden Kollegen. Er fragte Erdmann, mit sehr lauter, vernehmlicher Stimme, wie er seinen Satz denn gemeint habe. Er fragte, auf welche Kolleginnen diese Aussage sich denn beziehe. Und ob er dabei etwa an seine, also an Rottecks, Gattin gedacht habe.

Erdmann verneinte knapp.

Niemand sprach ein Wort.

In diese Stille hinein beklagte nun Eberhard Rotteck dem Kollegen Ramcke und einigen weiteren anwesenden Lehrern gegenüber die zunehmende Lustfeindschaft und wachsende Prüderie auch und gerade in akademischen Kreisen. Das sei ganz furchtbar und rückwärtsgewandt, geradezu ein gesellschaftliches *rollback*. Glücklicherweise gebe es, gerade auch in ihm bekannten akademischen Lehrerkreisen, noch Frauen, die andere freimütig an ihrer sexuellen Lust teilhaben ließen, ganz ohne falsche Scham.

Erdmann zog die Augenbrauen zusammen.

Er fragte Rotteck, wie er seinen Satz denn gemeint habe. Und ob er dabei etwa auch an seine, also Erdmanns, Gattin gedacht habe.

Rotteck verneinte knapp.

Allgemeines Schweigen.

Erdmann sah Rotteck an. Er lächelte und tat so, als beiße er gierig in einen Döner.

Rotteck sah Erdmann an.

Er lächelte, legte seine Linke in den Schritt, krümmte seinen rechten Zeigefinger. Rotteck grinste so schmierig, wie er nur konnte.

Sekunden später umschlossen Erdmanns Hände Rottecks Hals. Die beiden Männer wälzten sich auf dem langen Tisch, der sich unter dem Gewicht der Kämpfenden in seine ursprünglichen Bestandteile, die kleineren Tische, zerteilte.

Kollegen starrten auf die Kämpfenden, man rief nach Hilfe.

Gesine setzte einen Fuffi auf Rotteck, bot eine Quote von 10 : 2 an. Bernd Möller nahm an.

Allein Dieter Ramcke griff sofort ein.

Er trennte die beiden.

Lediglich einen Schlag benötigte er, um Erdmann außer Gefecht zu setzen, der prompt benommen auf einem Stuhl zusammensank und sich nicht mehr rührte. Sodann drehte Ramcke Rottecks rechten Arm hinter dessen Rücken und führte den Schreienden aus dem Zimmer. Dabei verfolgten Ramcke die bewundernden Blicke der Anwesenden. Einige applaudierten, Braitbach jubelte.

Wenige Minuten später erschien Ramcke in Begleitung Weyhrauchs. Der bat das Kollegium um Ruhe und sagte, dass ihm der Vorfall mit den Kollegen Rotteck und Erdmann gerade recht komme. Er beabsichtige schon längere Zeit etwas klarzustellen, nämlich die Tatsache, dass an bestimmten Gerüchten über ein zu enges Verhältnis zwischen einem gewissen Lehrer und Schülerinnen absolut nichts dran sei. Er sei der Sache nachgegangen, hätte mit den Schülerinnen gesprochen und die vollkommene Unschuld des verleumdeten Kollegen habe sich zweifelsfrei erwiesen. Nach diesen Worten verließ er, ein beschämt schweigendes Kollegium hinterlassend, das Lehrerzimmer.

* * *

Philipp bekam von diesen Ereignissen gar nichts mit. Er hatte Aufsicht.

Eigentlich hatte er in der Vorwoche beabsichtigt, den Dreißigjährigen Krieg zu beenden und anschließend zum nächsten Thema (der Aufstieg Preußens im 18. Jahrhundert) überzuleiten. In der Klasse angelangt, stieß er jedoch auf unerwarteten Widerstand. Die Schüler der 7b wollten unbedingt wissen, was aus diesem Melchiortyp geworden sei, nachdem »der sechzehnhundertundirgendwas diesen dicken Vertrag da« unterschrieben hätte.

Philipp besprach sich mit dem Informatikkollegen Mayer, der über das Bildbearbeitungsprogramm Photoshop verfügte. Damit erstellten Mayer und Philipp eines Nachmittags das Porträt Nepomuks, dem ältesten Sohne Melchiors, in dessen ebenmäßigem Antlitz sich die Züge Leonardo da Vincis und diejenigen des jungen Leonardo DiCaprio zu gleichen Teilen mischten.

Philipp ging in die Klasse und begann zu erzählen. Melchior sei durch den Frieden ruiniert worden, da er sein gesamtes Vermögen in Kriegsgerät angelegt hatte. Nach dem Friedensschluss jedoch stürzten die Preise in diesem Marktsegment ins Bodenlose. Von ihm verlor sich jegliche Spur im Dunkel der Geschichte.

Sein Sohn Nepomuk, ebenfalls völlig mittellos, begab sich nach dem Ende des Krieges auf eine Reise in seine Heimatstadt im Süddeutschen, um dort das Schmiedehandwerk zu erlernen. Er fuhr auf einem Lastkahn tagelang den Rhein hinab. Auf diesem verliebte er sich in die Frau seines Lebens, und sie, Rosemarie, Tochter eines wohlhabenden Schultheiß, sich umstandslos in ihn. Ihr Verlobter, ein Ochsenhändler in goldverziertem Wams, raste vor Wut. Nepomuk und Rosemarie aber machten Liebe in des Verlobten Kutsche, getragen vom sanften Wellenspiel des Rheins. Sie sprachen von Heirat. Da kam ein Sturm auf. Meterhohe Wellen rissen das Schiff in die Tiefe. Nepomuk schaffte Rosemarie noch ans rettende Ufer, ertrank aber dann. Rosemarie überlebte als einzige das Unglück. Sie wurde später die erste Schmiedin des Deutschen Reiches, vergaß Nepomuk jedoch nie.

Die Schüler fragten, ob es den Dreißigjährigen Krieg nicht als Computerspiel gebe, so mit verschiedenen Levels und ordentlich Ballerei. Philipp verneinte. Die Klasse bestand darauf, dann wenigstens mit Philipp das Historische Museum zu besuchen. Sie sammelte, um kein Risiko einzugehen, sofort Geld ein, circa zweihundert Euro. Philipp versprach, davon Eintrittskarten zu kaufen. Danach hatte er keinen Unterricht mehr, da sich seine neunte Klasse auf einem Ausflug befand.

Den Nachmittag verbrachte er im *EXIT*. Dort legte er sich eine kurze Dankesrede zurecht, in der er zunächst die Verdienste Karsts würdigte, sodann Ramckes Scheitern – daran gab es für ihn keinen Zweifel – bedauerte sowie seine eigene, moderne Auffassung von der Rolle des Fachleiters charakterisierte: Vorgesetzter und Teamplayer in einem. Die Ausbildung des Lehrernachwuchses, so schloss er, oblag selbstredend der Fachleitung.

Um 17:00 Uhr trafen sich die Kollegen.

Es gab lediglich einen Tagesordnungspunkt: die Wahl des Fachleiters.

Karst erinnerte nur kurz an den Vorfall vom Vormittag und die Klarstellung Weyhrauchs.

Philipp hatte keine Ahnung, wovon Karst sprach.

Mehr war von Karsts Seite her nicht nötig.

Ramcke wurde in geheimer Wahl zum kommissarischen Fachleiter gewählt. Die beiden Gegenkandidaten, einer von ihnen war Philipp, erhielten zusammen lediglich drei Stimmen.

Philipp verstand die Welt nicht mehr.

Ramcke schlug einen aschfahlen Philipp als seinen Stellvertreter vor.

Die Wahl ging anstandslos durch.

Ramcke schlug ihm auf die Schulter.

Der neue Fachleiter übernahm und erklärte die Konferenz für beendet und lud zum gemeinsamen Umtrunk (auf seine Kosten) beim Italiener.

Allgemeine Begeisterung.

Philipp entschuldigte sich, ein angegriffener Magen.

Eine knappe Stunde später saß die Fachschaft Gesellschaftswissenschaften im Restaurant und feierte Ramckes Heldentat.

Philipp lief durch Straßen, wusste nicht, wie ihm geschah, nahm die U-Bahn, konnte keinen klaren Gedanken fassen, stieg aus wie in Trance.

Er lief eine Straße entlang und betrat einen Hausflur.

Sie wohnte, das wies der Briefkasten aus, im dritten Stock.

Er nahm, das Atmen fiel ihm schwer, Stufe für Stufe. Auf jeder hielt er kurz an, horchte ins Haus hinein.

Plötzlich las er, in kleinen, exakten, feuerroten Buchstaben, ihren Namen neben einem weißen Knopf.

Philipp wollte noch einen Moment abwarten, sich einen ersten, guten, unangreifbaren Satz zurechtzulegen, da lag aber der Zeigefinger seiner rechten Hand bereits auf dem Knopf, drückte zu, er hörte ein Klingeln, der Finger drückte erneut zu, er hörte noch ein Klingeln, die Tür öffnete sich, sie stand vor ihm, in einem pechschwarzen Morgenmantel, ein leichter Schweißfilm auf der Stirn, das Haar strähnig, zerfranst, offen auf den Schultern liegend.

Miriam Falter schaute ihn an.

Er erkundigte sich im Namen der Fachschaft nach ihrem Befinden, er sei gerade in der Gegend, er habe Schlimmes gehört, mittlerweile sei die gesamte Fachschaft besorgt, das habe ihn nicht ruhen lassen.

Sie entschuldigte sich, bei ihr sei so überhaupt nicht aufgeräumt, sonst würde sie ihn selbstredend hereinbitten, aber im Moment, er verstehe sicher ihre Situation – Philipp verstand – und erwähnte noch einen grippalen Infekt, der sich wider Erwarten als ausgesprochen hartnäckig erweise.

Er wünschte ihr artig gute Besserung. Falls er ihr in irgendeiner Weise behilflich sein könne, solle sie sich nicht scheuen, ihm doch ganz einfach Bescheid zu sagen. (Oder, wie er in Gedanken hinzufügte, ihm eine Mail schicken oder eine SMS oder ein singendes Telegramm oder Rauchzeichen in den Himmel aufsteigen lassen oder codierte Nachrichten in Zeitungsanzeigen setzen oder Brieftauben fliegen lassen oder berittene Boten senden.)

Sie verneinte zunächst, erkundigte sich aber dann, ob er einige Unterlagen, die sie noch habe, eventuell an den Herrn Ramcke übergeben könne.

Philipp bejahte.

Sie bat ihn, doch einen Augenblick zu warten, sie sei sogleich zurück.

Die Wohnungstür stand halb offen, der Flur war nur schwach beleuchtet, er konnte an der gegenüberliegenden Wand einen metallenen Klappschuhschrank erkennen. Philipp hörte Schritte, ein Schatten fiel ins trübe Licht.

Ein nackter Mann stand direkt vor ihm.

Später, wenn er sich die Szene ins Gedächtnis rief, konnte er sich nicht mehr genau an den Mann erinnern, Haarfarbe, Größe oder Alter, so ziemlich alles weg. Aber eins hatte sich in Philipps Gedächtnis festgesetzt: sein Blick.

Der Blick des nackten Mannes enthielt die belustigte Arroganz des Siegers gegenüber dem ewig sich abstrampelnden Verlierer. Sein Mund verzog sich um genau die spöttischen Millimeter, die es benötigte, um Philipp den Rest zu geben.

Der Mann schaute Philipp nur wenige Sekunden an, dann verschluckte ihn der dunkle Flur.

Eine Tür knarrte.

Wenige Augenblicke danach stand sie vor ihm, übergab ihm die Unterlagen, entschuldigte sich, sie müsse sich nun sogleich wieder hinlegen. Sie sei noch geschwächt und bedürfe der Ruhe, bedanke sich aber herzlich für die Anteilnahme der Fachschaft.

Philipp verabschiedete sich.

Dann ging er die Treppen hinunter, trat vor das Haus und suchte ohne Umwege die nächstgelegene Kneipe auf.

* * *

Polizeihauptwachtmeister Werner Gleib drückte die Zigarette aus und schaute auf den Monitor. Er kontrollierte den Satzanfang und schrieb dann weiter.

… und aufgrund des Anrufs des Anwohners begaben wir uns unverzüglich zu dem Städtischen Gymnasium in der Breiten Straße 25. Ein Klassenraum war erleuchtet und in diesem fanden wir die polizeibekannte Prostituierte Vanessa Erlenbrauck (22) vor. Sie gab zu Protokoll, am 16. Mai, etwa gegen zwei Uhr morgens, also etwa eine Stunde vor dem Anruf, von einem Kunden in Bahnhofsnähe angesprochen worden zu sein. Sie beschreibt den Mann als um die fünfzig, mit Bauchansatz und Tendenz zur Glatzenbildung, bekleidet mit blauer Jeans und Hemd und sehr stark alkoholisiert. Dieser wollte nicht mit auf ihr Hotelzimmer ins Hotel Venus, sondern »wo-

anders« hin. Sie weigerte sich zunächst, aber der Freier bot ihr die 178 Euro und 30 Cent an, die sich in seiner Brieftasche befanden. Anschließend fuhren sie mit einem Taxi in die Breite Straße 25. Dort stiegen sie aus. Der Mann habe sie zu einem Schulgebäude geführt. Er schlug eine Fensterscheibe ein. Sie kletterten in einen Klassenraum. Dort habe er von ihr verlangt, nackt vor einer Tafel zu posieren. Als unser Einsatzfahrzeug in den Schulhof einfuhr, habe dies der Mann bemerkt und sei geflohen. Weitere Angaben …

Das Telefon klingelte. Hatte man denn niemals seine Ruhe? Gleib griff zum Hörer.

* * *

Rottecks Auto wurde aufgebrochen, die Frontscheibe zertrümmert, die Reifen zerstochen, das Radio gestohlen. Rotteck tippte auf Erdmann: Rache.

Erdmann tippte auf Rotteck: Versicherungsbetrug.

Möller bat Philipp um Hilfe, er plane ein Attentat auf Braitbach, diesen »mickrigen Wichser«. Philipp versicherte ihm seine uneingeschränkte Loyalität. Braitbach sprach Philipp an, er wolle die Schule von Möller, diesem »versoffenen Neandertaler« befreien, ob er auf ihn zählen könne? Philipp versprach bedingungslose Solidarität.

Es wurde immer unklarer, wer nun eigentlich gegen wen zu Felde zog. Fronten verschoben sich, Allianzen zerbrachen, Schwüre wurden dem Vorteil des Augenblicks geopfert. Braitbach und Möller, für kurze Zeit ein Herz und eine Seele, informierten Philipp über ihre Absicht, Erdmann, diesen »aalglatten Dreckskerl«, zu eliminieren. Philipp sagte Hilfe zu.

Der aalglatte Dreckskerl vermutete eine Verschwörung

des gesamten Kollegiums gegen die eigene Person und suchte Philipps Unterstützung. Philipp stimmte grundsätzlich zu, bat sich aber Bedenkzeit aus.

Mit der Zeit entkomplizierte sich die Lage, alles wurde, so fand jedenfalls Gesine, einfach und klar, es galt schlicht:

- Auge um Auge
- Zahn um Zahn
- Gefangene werden nicht gemacht

* * *

Philipp ging mit seiner Klasse ins Museum, verschwieg allerdings, welche Verwendung das eingesammelte Geld zunächst gefunden hatte. Im Lehrerzimmer war er nur noch selten anzutreffen.

Einmal, Ende Mai, in einer Pause, setzte er sich zu Miriam und Ramcke an den Tisch. Die beiden saßen im Sonnenschein am Fenster und besprachen klassische Anfängerfehler im Unterrichtsaufbau. Ramcke war bereits braungebrannt, der Unterricht auf dem Sportplatz hatte sich ausgezahlt. Er hatte die oberen Knöpfe seines Hemds geöffnet, sodass Miriams Blicke auf seine urzeitliche Brustbehaarung fallen mussten. Er gab den Fachmann, den gewieften Veteranen, der zwar schon Referendare hatte kotzen sehen, jedoch seine Schützlinge wohlbehütet durch alle Untiefen zu steuern wusste.

Philipp, der urplötzlich eine Vision hatte – Ramcke, das Gesicht voller eitriger Schwären und aufplatzender Pestbeulen, wird von Wallensteins Kürassieren der jauchige Schwedentrunk eingeflößt –, lobte des Kollegen überreiche Erfahrung.

Ramcke grinste selbstzufrieden.

Philipp erwähnte seinen Creative-Writing-Kurs.

Miriam hörte nicht hin, sie tippte eine SMS in ihr Handy.

* * *

»Einen Moment Ruhe bitte, liebe Kollegen.« Weyhrauchs Stimme war laut genug, bereits nach wenigen Sekunden trat Stille ein. »Liebe Kolleginnen und Kollegen, heute möchte ich einmal die Gelegenheit nutzen, um einen aus unserer Mitte hervorzuheben. Leider gerät es allzu oft in Vergessenheit, dass wir nicht nur arbeitende Wesen sind, sondern auch ein Privatleben haben, in dem wir ebenfalls etwas leisten.« Zustimmende Zwischenrufe. »Der Kollege Ramcke zum Beispiel spielt Wasserball. Er ist der Kapitän und hat mit seinem Team zum zweiten Mal in Folge den Landespokal gewonnen.«

Hochrufe.

»Bescheiden wie er ist, hat er uns davon nichts erzählt. Die Schule aber möchte ihm gratulieren. Deshalb bitte ich Sie nun, Ihre Gläser zu heben und auf ihn anzustoßen.«

Gläser wurden zügig geleert.

»Vielleicht möchten Sie selbst ein paar Worte zu den Kollegen sprechen?«

Weyhrauch lächelte Ramcke an, der sich jedoch erst nach energischen Aufforderungen weiterer Kollegen erhob. Unter dem eng anliegenden Hemd spannten sich seine Muskeln.

»Was soll ich viele Worte machen? So ein großer Sieg ist nie der Verdienst eines einzelnen Spielers, sondern immer der gesamten Mannschaft. Unsere Truppe ist ein verschworener Haufen, in dem jeder …«

Philipp hörte nicht mehr zu, sah zu Miriam hinüber. Die

wiederum sah mit leuchtenden Augen zu Ramcke hinüber. So hatte Miriam ihn noch nie angesehen.

Als Ramckes kurze Rede beendet war und sich das Kollegium inklusive Miriam um ihn scharte, verließ Philipp als einziger das Lehrerzimmer. Er hatte endgültig genug.

* * *

Sein Plan hatte nicht funktioniert.

Wozu sich jetzt noch etwas vormachen?

Man sollte wenigstens wissen, wann man verloren hatte.

* * *

Der Herr Studienrat ließ, wenn auch nur ungern, die Hose runter. Er stellte sich vor den Spiegel. Sah doch gar nicht so schlecht aus. Aber er stand ein bisschen weit weg vom Spiegel, nicht? Er zwang sich, ein paar Schritte in Richtung des Spiegels zu machen. Das Ergebnis wurde klarer. Er drehte sich zur Seite und betrachtete sich im Profil. Wölbte sich da etwa ein Bauch? Unsinn, das war doch nur …

Nein, nein, zwecklos, Schluss mit dem Quatsch, kein Zweifel möglich: Die Jahre waren nicht spurlos an ihm vorübergegangen.

Er schaute noch einmal hin.

Er war verraten worden. Von seinem Körper.

Wo war die Taille? Wo die Bauchmuskeln? War das da etwa ein Doppelkinn?

In jüngeren Jahren deutlich voneinander getrennte Körperpartien waren unter Polstern verschwunden, die ihm eine weichere, nachgiebige Gestalt gaben. Er wirkte gemütlich, ungefährlich, von onkelhafter Harmlosigkeit.

Er war verraten worden.

Viele Jahre lang hatte er seinen Körper als einen Freund betrachtet. Sie waren Partner gewesen, Alliierte, ein Team. Und nun so etwas:

Aus dem Freund war ein Feind geworden, aus dem Verbündeten ein Gegner, der unaufgefordert Fett hortete, zur Kurzatmigkeit neigte und ohne Vorwarnung ermüdete.

Er zog sich wieder an und ging ins Wohnzimmer. Dort setzte er sich in seinen Sessel und gönnte sich ein Glas Grand Cru.

Die körperlichen Veränderungen schienen ihm nicht die einzigen zu sein.

Waren nicht auch seine Ansichten im Laufe der Zeit ebenfalls weicher und nachgiebiger geworden? Abgestumpft und abgeschliffen die sorglose Radikalität der Jugend, ihre ganze wunderbar-arrogante Ahnungslosigkeit und schöne Intoleranz? Eingetauscht wofür?

Für ein speckiges, seifiges Verständnis für alles und jeden.

Da wollte man keiner Menschenseele wehtun und packte jede Bemerkung in rhetorische Watte. Die so entstehende Bequemlichkeit und Harmoniesucht erklärten Menschen seines Alters kurzerhand zur Reife. An Elternabenden hatte er von Motivationsschüben oder Leistungsexplosionen gefaselt. Ein einfaches »Es tut mir leid, aber es reicht nicht« wäre ehrlicher gewesen.

Er ging zur Toilette und stellte sich vor seinen Alibert-Schrank. Er klappte die beiden äußeren Drittel des Spiegels heraus und inspizierte sein Gesicht im Detail. Aus dem oberen Muschelrand seines rechten Ohres sprossen drei Haare hervor.

Interessant.

Womöglich ein Kompromissangebot? Eine Art Ausgleich für die zahllosen Haare, die in den vergangenen Jahren von seiner Schädeldecke auf Nimmerwiedersehen verschwunden waren? Möglicherweise aber nur ein bescheidener Anfang. Bald würden sich seine Augenbrauen verdichten, ausbreiten, dann wuchernd zusammentreffen, so undurchdringlich werden wie der ewiggrüne Regenwald am Amazonas und putzige Nager in diesem Wildwuchs ihr Zuhause finden.

Philipp nahm eine Schere und entfernte die drei Haare so gründlich, dass Blut floss. Er betrachtete sich noch einmal im Spiegel. Er versuchte ein Lächeln, erhielt aber als Gegenleistung nur eine Reihe gelber Zähne mit bräunlichen Flecken.

Außerdem tat ihm nun der Rücken weh.

* * *

Philipp ging in sich.

Wie hatte er sich nur derartig täuschen können? Er und jung? Lächerlich. Er war alt, das konnte er doch an seinen Schülern erkennen.

Nach dem Abitur verschwanden sie aus seinen Kursen und aus der Schule. Ihr Leben explodierte förmlich, sie schwärmten in alle vier Himmelsrichtungen aus, fingen etwas Neues an, entdeckten Unerwartetes. Natürlich lief nicht immer alles glatt.

Manche erlagen der unterschätzten Attraktivität der Drogen, ehrten den Pfennig nicht mehr und versoffen die Doppelhaushälften ihrer Eltern.

Sein Leben dagegen war so unveränderbar wie die Abfolge der Jahreszeiten. Er erklärte Jahr für Jahr den Dreißigjährigen Krieg, entdeckte rein gar nichts und blieb der Alte.

Ab und an traf er längst vergessene Schüler in der U-Bahn, im Kaufhaus oder auf Abiturfeiern, staunte über die Klarheit ihrer Augen und hörte entgeistert den Dingen zu, die sie ihm zu berichten wussten. Sie studierten in einer Geschwindigkeit, die Philipp schwindelig machte. Kaum hatten sie die Schule verlassen, saßen sie schon aufmerksam in Hörsälen und drängten in Seminare, erwarben Scheine und Zusatzqualifikationen. Sie bereiteten sich auf Zwischenprüfungen vor und strebten höherwertige Abschlüsse an. Nebenher verbrachten sie offensichtlich Monate auf Free-Climbing-Expeditionen in den Schluchten des Nanga Parbat. Damit nicht genug, leisteten sie, wenn man ihren Visitenkarten glauben durfte, Praktika als »Second Assistant Manager« in multinationalen Konzernen oder gründeten tagsüber Firmen in Garagen, in denen am Abend wieder die Landcruiser ihrer erfolgreichen Väter im Halbdunkel glänzten.

Er war mit sechsundvierzig eben schon alt, genauer, war alt geworden, ohne es so recht bemerkt zu haben. Ganz offensichtlich war dieses Älterwerden ein eher schleichender Prozess, so etwas wie Rostbefall oder Kehlkopfkrebs.

Eben saß man noch lachend und rauchend mit Freunden an der Theke, bestellte bedenkenlos eine weitere Runde und zack! hielt einem der Onkel Doktor die fatale Röntgenaufnahme unter die Nase, der Nagel seines manikürten Zeigefingers punktgenau auf dem vermaledeiten Karzinom.

* * *

Er sollte aufhören, sich Illusionen zu machen, sollte sich stattdessen so sehen, wie er war.

Das also war er:

Gestatten: Philipp Willms, sechsundvierzig Jahre alt, gewöhnlich bereits am Nachmittag schläfrig, mit lädierter Libido, unvollständigem Haupthaar und morscher Wirbelsäule, praktisch ein Invalide.

Solche Wesen wie Miriam Falter nahmen ihn wahrscheinlich nicht einmal mehr als Mann wahr. Für sie war er lediglich einer jener betagten Kollegen, bei denen man sich höchstens nach dem Standort des Kopiergeräts oder den Öffnungszeiten des Sekretariats erkundigte, zu denen sie jedoch niemals ins Bett stiegen.

2. TEIL

7. Kapitel

Anfang Juni ging Philipp an einem Montagmorgen zu seinem Hausarzt und erzählte ihm irgendeinen Quatsch. Der Krankenschein galt für eine Woche. Die trank er wie geistesabwesend durch; das Haus verließ er nur, um Nachschub heranzuschaffen. Am Sonntagabend ging er runter in den Hof, warf die leeren Flaschen in den Container, ging wieder rauf in die Küche und schaltete das Weinklimagerät aus.

Der Verzicht auf den Alkohol fiel ihm schwer und Rückfälle blieben nicht aus. Er konzentrierte sich mehr und mehr auf seine Arbeit. Nachmittags und zunehmend auch am Abend saß er am Schreibtisch, korrigierte Aufsätze oder suchte Materialien aus, während draußen der Sommerregen an die Fenster klatschte und hässliche, grauschwarze Schlieren auf den Scheiben hinterließ. Er gab sich sehr große Mühe mit seinen Korrekturen, verwies die Schüler auf ihre Schwächen, zwang sie wieder und wieder zur Überarbeitung misslungener Aufgaben. Die Schüler maulten, aber ihre Leistungen begannen sich zu verbessern; Philipps Unterricht wurde von Woche zu Woche durchdachter, gezielter, verlor auch für ihn an Langweile. Er entwickelte so etwas wie ein Interesse an seinen Schülern. Konsterniert stellte er fest, dass es sich in aller Regel um sympathische Heranwachsende handelte. Nun tat es ihm leid, dass er sich mit dem Tagebuch eines erfundenen Urahns über sie lustig gemacht hatte.

Die langandauernde, konzentrierte Arbeit half ihm gegen die Schlafstörungen, die ihm zum ersten Mal in seinem Leben zu schaffen machten.

Oft träumte er schwer, wurde wach und schlief dann nicht mehr ein. In einem der immer wiederkehrenden Träume lag er, offensichtlich vereinsamt, beide Hände voller Altersflecken, in einem Altersheim. Ein seltsamerweise jung gebliebener Ramcke betrat sein Zimmer, eine Flasche Champagner in der Hand und eine ebenfalls jung gebliebene Miriam an seiner Seite.

Die beiden bauten sich vor ihm auf und stießen an. Ramcke griff Miriam wieder und wieder unter den Rock. Sie quiekte vor Vergnügen und fuhr ihm mit der Zunge über den Hals; beide gaben wiehernd Zoten zum Besten. Danach gingen sie. Philipp blieb allein zurück.

Er ließ sich einen Vollbart wachsen, stellenweise grau durchsetzt, den er kurz und gepflegt hielt. In einem Sportfachgeschäft kaufte er sich sehr teure, bunte Laufschuhe und etwas, das zu seiner Jugend noch Trainingsanzug geheißen hatte. Dann begann er zu trainieren. Die ersten Versuche, im nahegelegenen Park, waren furchtbar: Schon nach wenigen Minuten blieb er stehen, vollkommen durchgeschwitzt, vornübergebeugt, die Hände auf den Knien, ein widerliches Stechen in der Magengegend.

Er ließ aber nicht nach, lief zunächst nur montags und freitags, dann drei-, schließlich viermal die Woche. Er ernährte sich halbwegs vernünftig, täglich Obst, viel Gemüse, oft Fisch, nahm ab, fühlte sich besser. Seine Einkäufe erledigte er vollständig zu Wochenbeginn. Das ermöglichte es ihm, die Wohnung seltener zu verlassen und den Kontakt zu anderen Menschen weiter einzuschränken. Abends und an Wochenenden blieb er oft zu Hause und schaute fern. Er kaufte sich einen Pay-TV-Zugang und abonnierte den Documentary-Channel. Dort gab es viele informative Sendungen: *Der Papageitaucher – auf den Vogelinseln der Lofoten* oder auch *Die weiße Oryx – die legendäre Antilope Arabiens.*

Wirklich hochinteressant.

Sein Manuskript schickte er an einen Books-on-Demand-Anbieter und zahlte, was verlangt wurde. Er ließ sich zwei Exemplare liefern. Eins schweißte er ein, um es späteren Generationen zu sichern, das andere platzierte er in seinem Bücherregal zwischen Sebastian Haffners *Anmerkungen zu Hitler* und Hans-Ulrich Wehlers *Deutsche Gesellschaftsgeschichte Band 1*.

Eins war sicher: Das Eigentliche in seinem Leben würde nicht mehr kommen, jedenfalls nicht so, wie er es sich vorgestellt hatte. Aber das war auch in Ordnung so.

Gesine blieben Philipps Veränderungen nicht verborgen.

Sie lud ihn ein, er lehnte ab. Sie schlug etwas vor, er hatte keine Zeit. Philipp hielt sich aus den Geschehnissen an der Schule heraus, wollte nicht länger in Kämpfe verwickelt werden, die ihn nichts mehr angingen. Der umjubelte Triumph der einen Fraktion, die Niederlage einer anderen, was hatte er damit zu schaffen? Er gewann den Eindruck, dass die Kämpfe nachließen, dass man sein Pulver verschossen hatte oder sich die Vernunft durchsetzte.

Gesine ließ dennoch nicht locker, rief immer wieder bei ihm an. Sie verbrachte ihre Zeit meist mit Sterjo, ihrem neuen Freund, Albaner, Student der Kommunikationswissenschaften, und drängte Philipp, er müsse ihn unbedingt kennenlernen, sie hätte Sterjo doch schon so viel von ihm erzählt. Endlich, so gegen Mitte Juli, wenige Tage vor Ende des Schuljahrs, gab Philipp nach und verabredete sich mit Gesine und Sterjo im *EXIT*.

Im *EXIT* angekommen, fand sich Philipp kaum zurecht. Man hatte renoviert, es gab neues Mobiliar und gestrichene Wände, auf der Speisekarte fanden sich nun auch asiatische Gerichte aus dem Wok. Rita, seine Stammkellnerin, so erfuhr er auf Nachfrage, hatte geheiratet und war in eine Kleinstadt gezogen. Philipp bestellte ein Bier. Ein paar Minuten später kam Gesine mit Sterjo. Als er ihn sah, war Philipp sofort klar, warum Sterjo Gesines Leben vollständig bestimmte: ein schöner Mann, höchstens Mitte zwanzig, mit dem gelangweilten Blick des Models in den dunklen Augen.

Philipp, der sich nach seinen asketischen Wochen zum ersten Mal zu entspannen begann, bestellte sich ein zweites Bier. Er besprach mit Gesine die Situation an der Schule. Gesine meinte, sie traue dem momentanen Frieden nicht so recht. Eigentlich sei Frieden auch nicht das richtige Wort, es handele sich mehr um eine Art Waffenstillstand, eher der allgemeinen Erschöpfung der Kombattanten denn echter Friedensbereitschaft geschuldet. Ein Interesse an Kompromiss oder gar echter Versöhnung könne sie beim besten Willen nicht erkennen. Sie rechne deshalb mit weiteren Kampfhandlungen unmittelbar nach den Sommerferien. Ganz besonders regte sie sich über Ramcke und Braitbach auf. Die beiden führten sich auf wie die Könige, einfach unausstehlich, sie frage sich manchmal, ob die beiden noch ganz dicht seien. Philipp sagte, ihm sei das Ganze mittlerweile ziemlich egal.

Das Gespräch konzentrierte sich anschließend auf Sterjo und Albanien und auf die Vorurteile der Deutschen gegenüber den Bewohnern dieses Landes. Philipp fand, dass ihm ausnahmsweise mal ein ordentlicher Rausch zustand und so wurde es ein sehr, sehr langer Abend. Am nächsten Morgen fühlte er sich hundeelend, meldete sich aber nicht krank, sondern quälte sich zur Schule und mühte sich durch die Stunden. Er zeigte seinem Oberstufenkurs eine Dokumentation über Hitlers Außenpolitik und ließ seine 7d ein Rollenspiel über Friedrich den Großen veranstalten. Eine anschließende Konferenz verdöste er mit offenen Augen. Ach, hätte er doch auch zur Physiotherapie gemusst wie der Kollege Hellmann …

Als er am späten Nachmittag nach Hause kam, schlief er sofort ein. Am Abend, die Kopfschmerzen wollten einfach nicht aufhören, schwor er sich, dass ihm dies nicht noch einmal passieren würde. In den folgenden Wochen achtete er darauf, dass dieser Abend nun wirklich eine Ausnahme blieb, und behielt seine streng kontrollierte Abstinenz bei.

* * *

Normalerweise ließ man das Schuljahr nach all den Prüfungen, dem Korrekturstress und den Notendiskussionen ruhig ausklingen. Es gab einen Abiturball, der von Jahr zu Jahr in immer prächtigeren Kulissen gefeiert wurde. In der letzten Woche zeigte man den Kursen der Oberstufe häufig irgendwelche Filme oder spielte mit den Klassen der Unterstufe alberne Spiele. Am letzten Schultag schließlich saß man im Lehrerzimmer zusammen, trank ein Glas Sekt und verglich Urlaubspläne. Manche Kollegen verabredeten gar, sich in den Ferien zu treffen.

In diesem Sommer aber ging nach den Abiturprüfungen alles sehr schnell. Aus technischen Gründen, so Weyhrauch, würden in diesem Jahr keine großen Feierlichkeiten stattfinden. So erhielt der Abiturjahrgang seine Zeugnisse in der ungeschmückten Aula im Rahmen einer knappen

Feierstunde an einem Samstagmorgen Ende Juli. Der letzte Schultag schließlich wurde routiniert erledigt: Die Schülerschaft wurde nach der dritten Stunde von den Klassenlehrern nach Hause geschickt, ein tief zerstrittenes Kollegium nach einem rasch im Stehen geleerten Glas Billigsekt von einem bleichen Weyhrauch, dessen Anzug schlecht saß, in die Ferien entlassen. Philipp lächelte, klopfte auf Schultern, sprach kurz mit Gesine, dann mit weiteren Kollegen, sogleich vergessend, was diese ihm sagten; ihm war alles recht, denn in Gedanken war er ganz woanders, so ganz woanders.

Bei dem letzen Wochenende, oder genauer, bei dem Samstag. Oder noch genauer: bei Anita.

* * *

Philipp war durcheinander.

So etwas war ihm noch nie passiert.

An diesem Samstagmorgen war er sehr früh aufgestanden und gelaufen. Als er seinen Rhythmus gefunden hatte, bewegte er sich ruhig und konzentriert. Es war ein wunderbares Gefühl. Die aufgehende Sonne tauchte den Park in milchiges Licht, die Luft war frisch, aber nicht kalt, die Bäume entlang der Pfade standen Spalier wie gebannte Zuschauer. Er hätte noch stundenlang weiterlaufen können, zwang sich aber, vernünftig zu sein und lief nur seine dreieinhalb Kilometer wie an jedem Samstagmorgen.

Nach dem Duschen fühlte er sich so fit wie schon seit Jahren nicht mehr. Er setzte sich an den Schreibtisch und kontrollierte die Noten und Eintragungen in seinen Kursheften. Am Nachmittag war er, wie er es sich angewöhnt hatte, zum Markt gegangen, hatte Mangos, Birnen, Orangen und Salat gekauft, sich anschließend in ein Café gesetzt, einen Kaffee getrunken und Zeitung gelesen.

Er hatte ein Hüsteln gehört und aufgeschaut.

Vor ihm stand eine Frau, er schätzte sie auf Ende dreißig, vielleicht bereits Anfang vierzig. Sie lächelte ihn an und erzählte ihm, sie sei mit ihrer Freundin hier gewesen, die aber das Café bereits verlasssen habe. Ihre Freundin nun hätte immerzu zu ihm herübergeschaut, sich aber dann doch nicht getraut, ihn anzusprechen. Sie selbst sei unter dem Vorwand, etwas liegengelassen zu haben, zurückgekehrt, um ihm die Telefonnummer der Freundin zu geben. Sie lächelte wieder, legte ihm einen Zettel auf den Tisch, drehte sich um und ging. Auf dem Zettel stand:

Anita Kamps 3479034

Bevor ein perplexer Philipp auch nur ein Wort sagen konnte, war sie schon verschwunden. Er schaute sich im Lokal um und versuchte vergeblich, sich an Gesichter zu erinnern. Aber an Samstagnachmittagen war das Café bis auf den letzten Platz besetzt. Viele Bewohner des Viertels verbanden hier den Besuch des Marktes mit Kaffee und Erdbeerkuchen. Es war auch erst seit Kurzem sein Stammlokal geworden, seit er sich kaum noch im *EXIT* aufhielt. Außerdem hatte er gar nicht darauf geachtet, wer sonst noch da war. Er wollte einfach nur in Ruhe seine Zeitung lesen und sonst gar nichts.

Philipp schaute auf den Zettel.

Kamps, Kamps, der Name hörte sich irgendwie solide an, so knapp, kantig und klar. Eine Frau, ein Wort.

So Abteilung Chefsekretärin, konnte man sich blind drauf verlassen (nein, nein, Chef, der Auftrag aus Wuppertal, da machen Sie sich mal keine Sorgen, da kümmert sich die Kamps drum, das geht klar).

Anita wiederum, Anita, also Anita klang eher nach Schlager, nach Süße, nach Minirock und Stupsnase.

Ihre Freundin hatte wie ausgesehen? Nun … nun, eher unauffällig, gediegen, blaue Jeans, hellgraue Strickjacke, darunter eine weiße Bluse, nicht mehr jung, aber wirklich attraktiv. Ob Anita Kamps in demselben Alter war? Anzunehmen. Vielleicht war sie eine alleinerziehende Mutter, die am Ende dröger Arbeitstage ihren beiden Töchtern Geschichten von Janosch vorlas und danach allein im Wohnzimmer saß, ein Glas Prosecco trank, während im Fernsehen *Notting Hill* lief? Oder die Freundin war längst nicht so hübsch, sprach nie einen Mann an, eine unscheinbare, versteckt in einem Hochhaus lebende Existenz? Allerdings, sofort anrufen ging natürlich nicht, eine Frist war unbedingt einzuhalten.

Drei Tage später wählte er die Nummer.

»Anita Kamps«, tönte es ihm entgegen.

Sie hatte eine tiefe Stimme.

»Ja, guten Abend, Frau Kamps. Mein Name ist Philipp Willms. Entschuldigen Sie bitte, wenn ich Sie im Moment gerade stören sollte.«

»Aber nein, Sie stören überhaupt nicht.«

Philipp räusperte sich.

»Es klingt jetzt vielleicht ein bisschen komisch, aber ich habe sowohl Ihren Namen als auch Ihre Telefonnummer von Ihrer Freundin, deren Namen ich nicht einmal weiß.«

»Ach, so, ja, ich weiß Bescheid, Elke hat mir bereits alles gestanden. Sie müssen mir glauben, so etwas hat sie noch nie gemacht. Ich weiß auch nicht, was an dem Nachmittag in die Gute gefahren ist. Hoffentlich fühlten Sie sich nicht belästigt.«

»Nein, aber woher denn, ganz im Gegenteil, eher geschmeichelt.«

»Dann ist ja gut. Sie müssen wissen, Elke ist Sozialarbeiterin, das kann sie manchmal nicht ablegen, die Gute.«

»Ach, ich fand das eigentlich eher mutig.«

»Schön, das ist aber trotzdem sehr nett von Ihnen, bei mir anzurufen«, sagte Frau Anita Kamps und lachte.

Ihr Lachen klang überhaupt nicht verlegen.

Philipp fiel nichts ein.

»Wie geht es Ihnen denn, Herr Willms?«

»Gut, gut. vielen Dank. Und Ihnen?«

»Gut, danke.«

Was jetzt?

»Schön, freut mich sehr, das zu hören, Frau Kamps. Wissen Sie, ich weiß auch nicht so recht, wie ...«

»Sollen wir uns vielleicht mal auf einen Kaffee treffen?«

»Sicher, Frau Kamps, wo und wann immer Sie wollen, ich richte mich da selbstverständlich ganz nach Ihnen.«

»Gut, also dann: nachts um halb drei an der städtischen Kläranlage?«

»Meine liebe Frau Kamps, das wäre vielleicht dann doch ...«

»Nur ein kleiner Scherz. Also, kennen Sie den *Roten Hahn*? In der Marktstraße? Ja? Mittwoch um acht? Schön, also bis dann. Ich freue mich, Herr Willms.«

»Ich mich auch, Frau Kamps, ich mich auch.«

* * *

Zu Beginn der Sommerferien traf er sich recht häufig mit Anita. Sie gingen ins Theater, sie gingen ins Kino, sie verbrachten zwei Wochenenden zusammen, eins in seiner, eins in ihrer Wohnung. Wenn Elke Zeit hatte, unternahmen sie auch etwas zu dritt. Einen Abend gingen sie zu viert essen, Gesine, Sterjo, Anita und er.

Anita, so hatte sich bei ihrem ersten Treffen im *Roten Hahn* herausgestellt, war weder eine alleinerziehende Mutter mit hartem Arbeitsalltag noch ein Mauerblümchen. Ganz im Gegenteil, sie war eine lebenslustige Person, die oft lachte und scheinbar keine Ruhe brauchte. Sie war die Leiterin der Kosmetikabteilung eines Kaufhauses, Anfang vierzig und ungebunden. Sie achtete auf gute Kleidung, auf ihre fast tadellose Figur und stets war sie von einem dezenten Wohlgeruch umgeben. Ihre Haut war sehr weiß. Anita war ein wenig eitel, aber offen und unkompliziert. Ihr sparsam, aber effektiv geschminktes Gesicht umrahmte pechschwarzes Haar. Sie ging häufig zum Italiener, genoss Wochenenden in Wellnesshotels und betrat grundsätzlich keine Fitnesscenter. Sie beherrschte ihren Beruf und stand mit beiden wohlgeformten Beinen mitten im Leben.

Ganz sicher war er sich nicht, es war auch noch etwas arg früh, aber langfristig könnte es durchaus auf etwas hinauslaufen, das vernünftige Menschen eine »echte Beziehung« nannten.

Damit hatte Philipp nicht gerechnet.

Gesine konnte er sich nicht anvertrauen, denn sie war Mitte der Ferien mit Sterjo nach Albanien verschwunden. Ihn erreichten ihre Mails nebst Photos. Sie zeigten Sterjo und Gesine im Dorf seiner Großeltern und seine Verwandten. Ein gemeinsamer Urlaub mit Anita war nicht möglich, sie hatte zu viel zu tun, vielleicht würde sie es in den Herbstferien schaffen. Wenn Anita arbeiten musste, räumte Philipp sein Arbeitszimmer auf, ordnete seine Jazzsammlung oder kaufte neue Bildbände.

* * *

In diesem Sommer erinnerte sich Philipp, warum auch immer, zum ersten Mal nach etlichen Jahren an Mandy.

Dabei war es schon glatt zwei Jahrzehnte her, war ihm passiert, als er noch Student war.

Er hatte keine Waschmaschine besessen, der nächste Waschsalon lag im Innenstadtbereich. Also brachte er seine Klamotten in eine kleine Reinigung, die sich in der Nähe seines Zimmers befand. Der Besitzer, ein Mann mittleren Alters, war ihm zutiefst unsympathisch. Aber der Kerl schmiss den Laden nicht allein, er hatte eine Aushilfe: Mandy.

Die Frauen, die Philipp von der Universität her kannte, unterteilte er grob in zwei Kategorien. Da waren zum einen die braven Studentinnen, mit Bedacht gekleidet, zielstrebig, stets kontrolliert im Auftreten. Zum anderen die Alternativen mit bunten Ringelpullovern und spontanen Ideen.

Mandy war anders.

Mandy war zweiundzwanzig, alleinerziehend, kunstblond und ein bisschen billig, aber genau das brachte ihn bald um den Verstand.

Mandy trug rosa Miniröcke, eine Plastikrose im Haar und pfiff auf das Waldsterben.

Ihre Tochter Kyra war zwei Jahre alt, hatte meist ein gerötetes Gesicht und lag im Hinterzimmer der Reinigung. Sie schrie oft stundenlang.

Mandy rauchte seelenruhig teure, parfümierte Zigaretten.

Philipp ging so oft in die Reinigung, wie er nur konnte.

Seine Garderobe war überschaubar. In kleinen, sorgsam dosierten Mengen brachte er Jeans und Hemden in die Reinigung, Fachgespräche über Fleckenentfernung suchend. Kaum hatte er sie zurück, schüttete er Rotwein darüber, um sie nach wenigen Tagen erneut reinigen zu lassen.

Als er sich traute, sie anzusprechen und sie einzuladen, da war es schon zu spät. Sie ging zweimal mit ihm aus, aber sie hatte sich bereits entschieden, für eine gesicherte Zukunft für sich und ihre Tochter.

Der Besitzer der Reinigung hatte sie noch in dem Sommer geheiratet. Philipp hatte ihn dafür gehasst, wirklich und ehrlich gehasst. Er hasste diesen Mann, der ihm uralt vorkam, obwohl er erst Anfang vierzig war, hasste seinen Bierbauch, über den sich T-Shirts mit doofen Sprüchen spannten und seine uralten Witze, die er mit einem meckernden Gelächter unterlegte.

Mandy und diesen alten Kerl in einem Bett zu wissen, das war zu viel für ihn.

Er zog in einen anderen Stadtteil, stürzte sich in die Arbeit, legte ein erstklassiges Semester hin, konnte sich aber über seine guten Noten nicht wirklich freuen.

* * *

Gesine und Sterjo waren wieder da.

Philipp ließ die Sache mit Anita keine Ruhe und als sich die nächste Gelegenheit bot, verabredete er sich mit Gesine und Sterjo im *EXIT*. Er aß Apfelstrudel mit Vanillesoße, die beiden wählten armenischen Cognac.

Zunächst erzählten Gesine und Sterjo von Albanien, von Sterjos Familie, einer sagenhaft schönen Landschaft und den unglaublichen politischen Zuständen. Philipp versuchte zuzuhören, aber es gelang ihm kaum.

Schon bald lenkte er ihr Gespräch in Richtung Beziehungen. Eine überraschte Gesine hörte von bereits geplanten gemeinsamen Wochenendtouren nach Venedig und Paris, von verliebten Erwachsenen, die keine falsche Scham kannten. Man sei alt genug, so Philipp, man verachte Heimlichkeiten und lege die Karten auf den Tisch.

Er schaute die beiden an.

Sterjo schaute ihn an.

Gesine setzte ihr Glas ab.

Sie fragte ihn, ob er für diese Ansichten etwa eine gute Note erwarte oder eine Einladung zum nächsten ökumenischen Kirchentag.

Philipp zuckte leicht zusammen.

Sicher, sprang ihm Sterjo, Gesines Hand haltend und Philipp rasch zuzwinkernd, zur Seite, ein erfahrener, gereifter Mensch sei wegen der Tiefe der Beziehung jungem Gemüse stets vorzuziehen.

Philipp nickte ihm dankbar zu.

Gesine jedoch lachte, widersprach ihm heftig und küsste Sterjo.

* * *

Die ersten Konferenzen eines neuen Schuljahres fanden traditionell am Donnerstag und Freitag der letzten Ferienwoche statt, bevor am Montag die Schülerhorden einfielen und die eigentliche Arbeit begann. Jahr für Jahr begrüßten sich an diesen beiden Tagen braun gebrannte, entspannte Menschen und tauschten Freundlichkeiten aus.

An diesem Freitag Anfang September herrschte meist vollkommene Stille im Lehrerzimmer; sich misstrauisch musternde Menschen teilten einander lediglich das Allernotwendigste mit, der Tonfall war gereizt, die Blicke eisig. Gesine prognostizierte ein baldiges Wiederaufflammen der Kampfhandlungen, da sich die verfeindeten Lager in den Ferien erholt hätten und nun den Kampf bis zur endgültigen Entscheidung fortführen würden. Philipp widersprach, verwies auf den menschlichen Verstand und den Umstand, dass man es schließlich mit erwachsenen Menschen zu tun habe. Gesine winkte ab.

Miriam war schöner denn je, doch er spürte nichts.

Ramckes Stimme dröhnte durchs Lehrerzimmer, Braitbachs Gesicht war von unerträglicher Selbstzufriedenheit entstellt. Gesine fand, die beiden drehten immer mehr ab. Weyhrauch hielt eine Rede, in der er zum Vergessen des Gewesenen aufforderte.

Der Applaus blieb spärlich.

* * *

Philipp stand an der Bushaltestelle und fröstelte. Der Platz unter der Überdachung war gefüllt mit Menschen, die Schutz suchten vor Gewitter und Temperatursturz. Philipp hatte noch halbherzig versucht, sich ebenfalls in die wartende Gruppe zu drängen, doch es war ihm nicht gelungen.

Nun stand er neben der Haltestelle, der Regen fiel unablässig. Einen Regenschirm hatte er nicht dabei, sein Mantel und seine Schuhe waren bereits durchnässt. Kaltes Regenwasser lief seinen Rücken hinab.

Philipp betrachtete das riesige Werbeplakat auf der gegenüberliegenden Straßenseite. Rund ein Dutzend schöner junger Menschen soff unter Palmen im Licht eines tropischen Sonnenuntergangs. Für einen Moment stellte er sich selbst, tanzend, Miriam im Arm, inmitten dieser Szenerie vor:

Einerseits wäre er in dieser launigen Horde sicherlich der einzige Mann ohne klar definierten Waschbrettbauch, ohne volles Haupthaar und ohne coole Sonnenbrille.

Andererseits aber, und das wäre dann wohl sein Alleinstellungmerkmal, der einzige mit einem Herren-Kompressionsslip mit Stützpolster im Leistenbereich.

Aber wollte er überhaupt dazugehören?

Er schaute noch einmal auf das kunterbunte Plakat.

Was wussten die jungen Menschen denn vom Leben, von Schicksalsschlägen und vom Tod? Gar nichts.

Der Bus kam, und die Meute geriet in Bewegung, staute sich schließlich vor der geschlossenen Tür. Sie öffnete sich und Philipp drängte sich, seine Schultern robust einsetzend, entschieden als einer der Ersten in den warmen, trockenen Bus.

8. Kapitel

Heribert Karst schlug die Augen auf.

Sicher war er sich nicht, aber hatte er nicht eben einen Schrei gehört? Einen Schrei, wie nur Menschen ihn ausstoßen, die große Schmerzen haben?

Er hielt den Atem an und schloß die Augen. Er meinte, wiederum einen Schrei zu hören. Vorsichtig stand er auf, tastete sich an einer rissigen Wand entlang, schmiss etwas um, fand einen Lichtschalter.

Die plötzliche Helligkeit blendete ihn. Er hielt für ein paar Momente die Hand vor seine Augen, schaute sich dann um. Offensichtlich befand er sich in einer Art Abstellkammer voller Reinigungswerkzeuge. Ein Blick auf seine Armbanduhr verriet ihm die Uhrzeit: 00:57 Uhr. Was hatte er mitten in der Nacht hier zu suchen?

Ein weiterer Schrei, nicht zu überhören.

Jemand war in Not, brauchte seine Hilfe.

Er drehte sich zur Tür, öffnete sie und schaute einen Flur entlang. Der lag im Dunkeln. Wieder meinte er, etwas zu hören. Vorsichtig schloß er die Tür hinter sich und ging den Flur hinunter. Vor der letzten Tür blieb er stehen. Ein dünner Lichtstreifen fiel unter der Tür hindurch in den Flur. Wieder hörte er Schreie, aber auch lautes Lachen. Was hatte das zu bedeuten?

Warum war er um diese Zeit in der Schule und nicht in seiner Wohnung?

Er legte sein Ohr an die Tür.

Schreie, dann wieder Gelächter.

Wieso Gelächter? Dann fiel es ihm ein.

Natürlich. Hätte er auch gleich drauf kommen können.

Schreitherapie.

Vor vielen Jahren hatte er einen Kollegen gekannt, der sich einer solchen unterzogen hatte. Die untreue Gattin, patzige Schüler, alles hatte der weggebrüllt, praktisch aus seinem Leben herausgeschrien. Offensichtlich praktizierten einige Kollegen diesen Ansatz psychologischer Heilung gleich vor Ort. Ganz vernünftige Idee. So unterstützte man sich unter Kollegen, ganz so wie es sein sollte. Da konnte er nach Hause gehen. Wieso war er überhaupt hier? Am Ende des Flures ging er zurück in die Abstellkammer. Waren das nicht, nein, er war doch, wozu, ach richtig, Reinigungsmittel, nein, nein, wieso Eimer, was hatten Eimer denn, was für ein Glück, es war sein Büro.

Beruhigt schloss er die Tür hinter sich.

* * *

Direktor Weyhrauch unterzog seine Erscheinung der gewohnten morgendlichen Musterung. Das Haupthaar: im Wesentlichen geordnet zwar, doch stellenweise leicht zerzaust, damit dem kundigen Auge die ins Unkonventionelle spielenden Elemente seiner Person andeutend. Seine Gesichtsfarbe? Dank der morgendlichen Maske von Yves Rocher von ausgeruhter Frische. Die Hemdmanschette schaute exakt einen Zentimeter aus dem Anzugärmel heraus, die gepunktete Schleife saß. Die tragenden Elemente des eleganten Gentlemans harmonierten auf das Ausgeglichenste miteinander. Nun verlangte es zur Abrundung lediglich nach einem Einstecktüchlein mit handgerollten Kanten. Er faltete sein seidenes Hermèstuch in der Mitte und anschließend noch einmal auf quadratisches Format. Sodann schlug er das obere Drittel nach innen um, danach das untere Drittel nach oben, hielt nunmehr eine Art Rolle in seinen tadellos manikürten Händen, faltete diese ein letztes Mal und brachte sie formgerecht in der entsprechenden Tasche seiner Anzugjacke unter.

Er trug noch etwas *Grey Flannel* auf.

Holla, verspürte er da in der Holznote libanesisches Zedernholz oder doch eher Vetiver? Schwer zu sagen. Er verließ die Toilette, betrat sein Büro und setzte sich an seinen Schreibtisch, dessen polierte Oberfläche, aller Papiere und Gerätschaften beraubt, lediglich ein spiegelglattes Rechteck darbot, über das Weyhrauch seine rechte Handfläche spielerisch kreisend gleiten ließ.

Es klopfte an der Tür, er rief »Ja bitte«, und Frau Maasbach erschien.

»Einige Kollegen wünschen Sie zu sprechen, Herr Direktor«, sagte sie etwas lauter als gewöhnlich, blickte kurz hinter sich und schloss dann die Tür.

Sie trat vor seinen Schreibtisch: »Wir haben erst die zweite Unterrichtswoche im neuen Schuljahr, aber ich fürchte, die Herren Ramcke und Braitbach sind bereits arg durcheinander. Sie reden wirr. Nicht einer von ihnen hat versucht, mir in den Ausschnitt zu schauen. Nicht einer! So eine Unverschämtheit. Ich vermag mir ein solch degoutantes Verhalten gar nicht zu erklären. Ein solcher Fauxpas ist Ihnen, Monsieur le directeur, noch nie unterlaufen.«

Sie zwinkerte ihm zu.

»Nun, ma chère Danielle, wahrscheinlich haben die Herren Staatsdiener in ihrer Verbandspostille gelesen, dass verbeamtete Lehrer demnächst den Status schollengebundener Leibeigener erhalten sollen.«

»Ach so, und ich dachte schon, ich müsste mir Gedanken machen.«

»Aber wo denken Sie hin, meine Liebe, wenn dem deutschen Lehrer finanzielles Ungemach droht, dann weiß er sich halt nicht mehr zu benehmen und vergisst die simpelsten Regeln des Anstands. Ich entschuldige mich für meine Kollegen.«

Frau Maasbach nickte.

»Dann ist es ja gut. Sie bilden ja Gott sei Dank eine Ausnahme.«

»Vielen Dank. Seien Sie großzügig, verehrte Danielle, verzeihen Sie den Verwirrten und bitten Sie die Ärmsten der Armen herein.«

Ramcke und Braitbach, die Frau Maasbach wenige Augenblicke später hereinführte, boten in der Tat keinen schönen Anblick: Beide schienen übernächtigt, einem unrasierten Ramcke hing das Hemd aus der Hose, die Taschen seines Jacketts waren aufgerissen, und auf Braitbachs Hose fanden sich dunkle Flecken.

»Aber, aber, meine Herren, setzen Sie sich doch erst einmal. Darf ich Ihnen vielleicht trotz der frühen Stunde einen Sherry anbieten?«

Während Ramcke und Braitbach aufeinander einredeten, besorgte Weyhrauch das Nötige und schenkte ein. Der Alkohol hatte eine beruhigende Wirkung. Weyhrauch schenkte noch einmal nach.

»Nun, meine Herren, womit kann ich Ihnen denn helfen?«

Dieter Ramcke setzte sein Glas ab.

»Wir haben den Fall gelöst.«

»Jawohl, so ist es«, bestätigte Braitbach.

»Fall? Welchen Fall?«, fragte Weyhrauch.

»Na, hören Sie, die Gerüchte über meine Person, mein Verhältnis zu den Schülerinnen, dann die Sache mit der Klausur, die Verleumdungen, meinen Sie etwa, ich lass mir einfach so ans Bein pinkeln und sage dann, Schwamm drüber, halb so wild, vergessen wir es, nein, nein, nicht mit mir.«

In Ramckes Augen war ein Flackern.

»Dazu noch Sabotage, Diebstähle, Manipulationen und was weiß ich noch alles«, sekundierte Braitbach. »Alles geklärt jetzt.«

Fredy Braitbach grinste über beide Ohren. Weyhrauch schaute beide an: »Geklärt?«

»Geklärt. Also, um es kurz zu machen, wir hatten natürlich einige Kollegen im Verdacht, und gestern Nacht, da haben wir sie erwischt, praktisch in flagranti. Wir lagen nämlich auf der Lauer.«

»Im Chemiesaal«, ergänzte Braitbach.

»Im Chemiesaal?«

»Jawohl, wir hatten uns dort versteckt. Und gewartet. So gegen Mitternacht, da kam dann auch die ganze verfluchte Bande. Wollten gerade wieder zuschlagen. Aber bevor sie dazu kamen, hatten wir sie schon überwältigt und verschnürt.«

»Diese Deppen«, legte Braitbach nach.

»Bevor die zuschlagen konnten?«

»Genau!«, trumpfte Ramcke auf. »Wir haben alles verhindern können.«

»Wen haben Sie denn … verschnürt?«

»Na, Erdmann, Rotteck und Möller, diese Verbrecher.«

»Erdmann, Rotteck und Möller?«

»Jawohl«, schrie Braitbach, »auf frischer Tat ertappt. Die Halunken haben natürlich geleugnet.«

»Die wollten uns«, trompetete Ramcke, »weismachen, dass sie selbst, haha, sie selbst, haha, auf der Suche nach den Saboteuren gewesen wären, dass sie sich mit anderen Kollegen nachts abwechseln, um in diesem Schuljahr von Anfang an zu verhindern, dass sich die Schweinereien wiederholen können. Was sagen Sie zu einer solchen Chuzpe? Unglaublich, oder?«

»Und dann fingen sie an«, so nun wieder Braitbach, »im ersten Moment hätten sie uns für die Saboteure gehalten, uns, hehe, uns, aber wir haben uns natürlich von diesen Trotteln nicht täuschen lassen.«

»Tja, erst wollten sie nicht so recht mit der Sprache raus. Ich habe dann Rotteck etwas zugesetzt und sehr bald wurde er gesprächig.«

»Ja, sehr gesprächig, aber der redete ja nur wirres Zeugs«, meinte Braitbach.

»Zugesetzt«, wiederholte Weyhrauch.

»Erdmann war da schon ein härteres Kaliber«, lobte Braitbach.

»Ja, das ist wohl wahr. Den mussten wir schon etwas härter anpacken. Aber beim Bunsenbrenner ist er schwach geworden.«

»Bunsenbrenner, wieso Bunsenbrenner?«, wollte Weyhrauch wissen.

»Tja, als er da so lag und hartnäckig leugnete und uns immer noch als durchgeknallte Idioten bezeichnete, obwohl er schon einiger Zähne verlustig gegangen war und wir ihn teilweise kaum noch verstehen konnten …«

»Verlustig gegangen, hihi«, kicherte Braitbach.

»Tja, was soll ich Ihnen sagen, ich habe den Bunsenbrenner angeworfen und bald sang er wie ein kleines Vögelein.«

»Tja, wer hätte das gedacht«, freute sich Braitbach, träumerisch versunken in Erinnerungen.

Weyhrauch sprach noch einmal dem Sherry zu.

»Aber das ist ja nun alles vorbei und wir können zu unseren eigentlichen Aufgaben zurückkehren«, fasste Braitbach die Lage zusammen.

»Ach, ein Letztes noch, Herr Direktor, wir haben diese Verbrecher in der Turnhalle ans Reck gebunden, damit sie uns nicht abhauen. Könnten Sie vielleicht die Polizei informieren? Wir haben gleich Unterricht und sind schon etwas spät dran. Ich habe gleich meine siebte Klasse in Geschichte und der Kollege Braitbach einen Grundkurs in Latein. Falls die Herrschaften von der Kripo Fragen an uns haben sollten. Ist wohl unnötig, Täter sind gefasst und geständig, aber man weiß ja nie, dann wissen Sie jedenfalls, wo Sie uns finden können.«

»Einen schönen Tag noch«, meinten beide, tranken ihre Gläser aus, schlugen sich gegenseitig auf die Schulter, standen auf und verließen in aufgeräumter Stimmung das Büro.

Weyhrauch lief in die Turnhalle und tat sein Möglichstes. Er befreite die drei Männer, bat Erdmann, Rotteck und Möller, die Dinge – auch und gerade im Interesse der Schule – nicht an die große Glocke zu hängen.

Vergeblich.

Noch im Laufe der nächsten Stunde fuhr ein Streifenwagen der Polizei vor und nahm Ramcke und Braitbach aus dem laufenden Unterricht heraus in Gewahrsam. Erdmann, Rotteck und Möller wurden auf Tragen verfrachtet und im Krankenwagen abtransportiert. Später saß Weyhrauch in seinem Büro, schenkte sich zwei Gläser Sherry ein, entzündete einen Zigarillo und starrte an die Wand. Es könnte für ihn langsam unangenehm werden. Er würde wohl einen guten alten Freund anrufen müssen.

* * *

»Guten Morgen, Frau Maasbach. Wie geht's?«

»Guten Morgen, Herr Willms. Ausgezeichnet. Und selbst?«

Sie schlug ihre sehenswerten Beine übereinander und sah ihn entspannt an.

»Ganz gut soweit.«

»Wie schön. Zum Chef?«

»Genau.«

»Einen Moment, bitte. Hat gerade wieder Damenbesuch.«

Sie lächelte ihn an. »Unser Chef ist halt ein sehr attraktiver Mann, nicht wahr, Herr Willms?«

»Kann man wohl sagen.«

Diesmal nicht, dachte sich Philipp, diesmal nicht.

»Distinguiertes Auftreten, gepflegte Erscheinung, gute Manieren, ein Charakterkopf. Da kann eine Frau schon mal schwach werden, nicht wahr, Frau Maasbach?«

»Nicht nur Frauen, mein lieber Willms, nicht nur Frauen.«

Philipp drehte sich abrupt um, da Weyhrauch, der ihn gerade korrigiert hatte, überraschenderweise nicht aus seinem Büro herausgetreten war, sondern aus dem Nebenzimmer, das sich rechts von Frau Maasbachs Schreibtisch befand, und ihm die Hand reichte.

»Wie gesagt, auch Männer, Herr Kollege. Und gar nicht so selten.«

»Tatsächlich? Na, das ist ja nicht so wichtig«, meinte Philipp.

»Wieso denn das?«, fragte Weyhrauch.

»Na, ja, wenn sich Männer interessieren, das ist ja nicht so …«

»Was denn? Was denn? Nicht so wichtig? Haben Sie etwas gegen homosexuelle Männer?«

»Aber nein, gar nicht, das sind doch alles nur billige Vorurteile.«

»Vielleicht hat der Herr Willms etwas gegen bisexuelle Schulleiter?«, warf nun Frau Maasbach ein.

»Äh, Quatsch, nein, natürlich nicht. Wir sind doch alle miteinander aufgeklärte, moderne Menschen, die …«

»Es klang aber so für einen Moment, Herr Kollege, und solche eindeutig diskriminierenden Aussagen dulden Frau Maasbach und ich auf gar keinen Fall. Nicht wahr, Frau Maasbach?«

»Absolut.«

»Also, wenn ich jemanden beleidigt haben sollte, unabsichtlich, meine ich, glauben Sie mir, das täte mir leid, ehrlich, ich …«, stammelte Philipp.

»Na, lassen Sie mal gut sein und folgen Sie mir in meinen Darkroom.«

Philipp folgte Weyhrauch in dessen Büro.

»Heute nehme ich mal keinen Sherry, Herr Weyhrauch.«

»Wie kommen Sie darauf, Herr Willms, dass ich Ihnen am helllichten Tage und während des Dienstes alkoholische Getränke anbiete?«

»Nun, ich …«

»Glauben Sie, dass ich Sie für einen Alkoholiker halte, der die ersten morgendlichen Stunden ohne Stütze nicht mehr durchhält?«

Philipp schüttelte energisch den Kopf.

»Oder halten Sie etwa mich für einen Alkoholiker, gierig auf einen Vorwand lauernd, um sich in aller Unschuld einen genehmigen zu können?«

»Nein, nein, ich meinte nur so, es ist ja schon vorgekommen, dass …«

»Schon gut, Herr Kollege, schon gut. Nun, weshalb ich Sie zu mir rief: Zum einen ist mir da zu Ohren gekommen von einem Gewehr, einem Vorderlader wohl, den Sie mit ins Schulgebäude gebracht haben. Könnten wir den vielleicht besser bei mir hier deponieren …? Aus Sicherheitsgründen. Sie wissen schon …«

Philipp nickte.

»Danke schön. Zum anderen … aber was sollen wir viele Worte machen? Trauen Sie sich, zunächst übergangsweise, die Fachleitung der Gesellschaftswissenschaften, verbunden mit der Ausbildung einer Referendarin, zu?«

Philipp schien einen Moment zu überlegen, zögerte, nickte schließlich bedächtig.

»Ja? Sehr schön. Selbstverständlich können Sie auf meine Unterstützung zählen, wenn die Stelle ausgeschrieben wird und Sie sich bewerben. Wissen Sie, nach diesen außerordentlich bedauerlichen Vorfällen der vergangenen Tage muss man ja nun …«

* * *

»Was machen wir denn jetzt?«

»Wegen dieses Gymnasiums?«

»Genau.«

»Ist ein Problem.«

»Können wir uns im Moment Ärger erlauben?«

»Wohl kaum. Unsere Umfragewerte sind im Keller.«

»Hm, und so rückhaltlos aufklären? Direktor an den Pranger? Als Sündenbock opfern? Danach Schnitt und ein sauberer Neuanfang?«

Ein wohlfrisierter Kopf wurde geschüttelt.

»Ist absolut nicht drin. Die Opposition wartet nur auf so was. Chaos an den Schulen im Land. Unfähiger Minister. Nichts unter Kontrolle. Die Presse würde uns in der Luft zerreißen.«

»Ob Weyhrauch von selbst geht?«

»Nein, der will bleiben. Er geht nur in einem Fall: ein höherer Posten.«

»Haben wir so was gerade da?«

»Nein. Ganz ausgeschlossen. Wir mussten in letzter Zeit zu viele Parteigenossen entsorgen.«

Papier raschelte.

»Moment mal eben, eine Frage zwischendurch. Ich lese hier gerade in meinem Redemanuskript den Namen Pestalozzi. Handelt es sich da etwa um Alberto Pestalozzi, den beinharten Innenverteidiger des AC Mailand?«

»Nein, Johann Heinrich Pestalozzi. Schweizer.«

»Grashoppers Zürich oder Young Boys Bern?«

»Weder noch, Pädagoge. 1745 bis 1827.«

»Ach so, ich hatte mich auch schon gewundert. Wo waren wir gleich? Ach ja, Weyhrauch, dann soll er eben bleiben, ist sowieso ein alter Freund von mir, der hat uns mal hier unsere Gleichstellungshyäne gezähmt. Das war vor Ihrer Zeit. Mann, zu seiner großen Zeit, da war sein Bett praktisch ein Wallfahrtsort. Als er dann endlich heiratete, mussten wir für seine Freundinnen einen Sozialplan erstellen, so viele waren das.«

»Hab ich von gehört. Muss ich das auch toll finden?«

»Ach, so, nein, natürlich nicht, Entschuldigung, Sie als

Frau sehen das ja anders, obwohl, ich könnte Ihnen da Geschichten ...«

»Verzichte.«

»Ist ja gut, ist ja gut. Eigentlich schade um einen solchen Mann, so einen könnten wir in der Partei gut gebrauchen, wäre aber leider für unsere Wähler nicht geeignet. Immer viel zu gut gekleidet, trägt niemals karierte Hemden und Bratwurst mag er auch nicht. Sagen Sie selbst, wie soll man da Wahlkampf betreiben? Wirklich schade. Also: die übliche Pressemitteilung.«

»Ganz wie Sie wünschen, Herr Ministerialdirektor.«

* * *

Gesine beglückwünschte Philipp.

»Nun bist du ja doch noch Fachleiter und Miriams Ausbilder geworden.«

»So ist es, Gesine, aber Fachleiter übergangsweise und Miriams Ausbilder zu spät.«

»Ach was, als Kandidat der Schule hast du gute Chancen auf die Stelle und was heißt hier zu spät? Etwa wegen Anita?«

»Wegen Anita. Ich lebe nämlich jetzt in einer festen Beziehung, ich ...«

»Nach den paar Wochen?«

»Na gut, dann eben: Ich werde bald in einer festen Beziehung mit Anita leben.«

»Meinen herzlichen Glückwunsch.«

»Danke, liebe Gesine, danke.«

»Gestritten habt ihr euch wohl noch nie, was?«

»Nein.«

Gesine schaute Philipp in die Augen.

»Noch nie?«

»Na, ja, am Wochenende, aber nur ganz kurz, ich wollte zu einer Vernissage, ein Freund von mir stellt ein paar Bilder aus, Anita wollte in so ein Musical.«

»Ein Musical, ach du großer Gott. *Mamma Mia* etwa?«

»Genau.«

»Und was ist nun?«

»*Mamma Mia.*«

»Du Armer.«

Gesine klopfte ihm auf die Schulter.

»Philipp Willms, noch keine fünfzig Jahre alt und bereits eine gereifte Persönlichkeit. Respekt, mein Lieber, Respekt.«

* * *

»So, jetzt gehen wir zum Abschluss noch in den zweiten Stock. Photografie des 20. Jahrhunderts.«

Ein allgemeines Murren der Schüler setzte ein. Man verwies auf die Vielzahl der bereits begutachteten Kunstwerke. Philipp aber ließ sich nicht erweichen. Die Truppe begab sich zögerlich auf den Weg.

Philipp und seine junge Begleitung bildeten die Nachhut.

Es war Mitte Oktober; ein Kunstlehrer war plötzlich erkrankt und Philipp als Begleitperson bei einem Wandertag eingeteilt worden: Städtisches Kunstmuseum, Abteilung Moderne. Und wer war, neben Heribert Karst, ebenfalls eingeteilt worden? Miriam.

Schade, dachte er, als er es am Mitteilungsbrett las, das hätte mal vor ein paar Wochen passieren sollen. Aber er war nun über sie hinweg. Er war bereits seit drei Wochen ihr Ausbilder, sie seine Referendarin, weiter nichts.

So traf er sich mit Karst am Morgen vor dem Schulgebäude, der normalen Unterrichtsverpflichtung entzogen und deshalb blendender Laune. Miriam wartete schon. Sie war ganz in Schwarz gekleidet, trug lediglich rote Schuhe, passend zum Farbton ihres Lippenstifts.

Während der Busfahrt zum Museum hatte er sich mit ihr über die Berufschancen von Lehrerinnen unterhalten. (Karst hatte sich in die letzte Reihe gesetzt.) Sie war vehement für die Einstellung junger Kolleginnen und Kollegen eingetreten; Philipp stimmte im Prinzip zu, verwies jedoch auf die engen finanziellen Spielräume eines Finanzministers. Zwei der älteren Schüler aus dem zwölften Jahrgang, die dauernd zu ihnen herübergeschaut hatten, kamen herüber und fragten Miriam in pseudoironischem Tonfall, ob sie am Abend oder am Wochenende schon etwas vorhätte. Sie verneinte, fügte aber hinzu, sie sei im Moment nicht interessiert, da sie sich erst vor einer Woche von ihrem Freund getrennt habe. Außerdem sei sie an jungem Gemüse nicht interessiert. Philipp schickte die beiden auf ihre Plätze zurück. Miriam und Philipp hatten anschließend noch, in Vorbereitung auf ihre Prüfung, verschiedene Methoden der Stundeneröffnung besprochen.

Im zweiten Stock betrachteten sie nun gemeinsam einige Schwarzweißphotos, sprachen über Perspektive und über das raffinierte Wechselspiel von Licht und Schatten. Nach wenigen Minuten hatte sie ihre Gruppe eingeholt.

Die Schüler und Karst hatten sich vor einigen Bildern versammelt, die sie besonders aufzuregen schienen. Sie ekelten sich regelrecht vor einigen. Ganz besonders vor einer Serie, auf der die Künstlerin selbst abgebildet war, stets in einem Haufen Unrat liegend und übersät mit Würmern und krabbelndem Ungeziefer aller Art. Praktisch eine Reihe verwesender Leichen. Die Schüler nörgelten, fanden das uncool und widerlich.

Philipp und Miriam gingen zu ihnen herüber. Miriam stand direkt neben ihm, schaute sich die Photos ebenfalls genau an. Philipp betrachtete Miriam im Profil.

Ihn überkam dieses sonderbare, unbestimmte Gefühl.

In diesem Moment wurde ihm klar, an wen sie ihn erinnerte.

Warum, das wusste er später nicht genau zu sagen, aber ohne lange zu überlegen, begann er plötzlich, diese Photos zu verteidigen. Er sprach zunächst, irgendwo musste er ja beginnen, vom Tod als einem der letzten, großen Tabus in einer konsumorientierten Gesellschaft. Dann schob er noch den Tabubruch und die Wahrheitsliebe als der Kunst allervornehmste Aufgaben und ähnliches Zeugs nach. (Kunst ist die Kommunikation des Seins mit dem Tod, jawohl, Leute, die Kommunikation des Tods mit dem Seienden, also der Kunst.)

Die Schüler und Miriam starrten ihn an.

Philipp, einmal in Fahrt, legte nach. Redete vom Hass des ewigen Spießers, der nur seine Ruhe und sein Bierchen, oder eben, in jüngeren Jahren, seine Musik und seine Drogen wolle. Sprach vom Hass des Spießers auf die eigentliche, die wahre Kunst. Die eben einmal ihrem ureigenen Wesen gemäß verstöre, anklage, schmerze, sich allem und jedem verweigere, ja ihrer Natur nach geradezu verweigern müsse. In dieser Preislage machte er weiter, redete und redete, bis ihm nichts mehr einfiel. Wenige Minuten später trat er aus dem Museum heraus als strahlender Sieger in den Sonnenschein, die Schüler waren verunsichert, Miriam offensichtlich beeindruckt, Karst perplex.

Nachdem die Schüler sich verabschiedet hatten, gingen Philipp, Miriam und Karst in ein Studentencafé. Dort schlug Philipp Miriam vor, zu zweit an einem anderen Ort noch eine Kleinigkeit zu sich zu nehmen. Miriam stimmte zu. Sie verabschiedeten sich von Karst.

Ganz in der Nähe des Museums fanden sie ein winziges, von einem beleibten Italiener betriebenes Restaurant. Er machte kleine, delikate Sandwiches und sein Kaffee war erstklassig. Obendrauf gab es noch einen Grappa pro Nase. Den ganzen Nachmittag blieben sie dort. Es gab viel zu besprechen. Prüfungen standen an: Themen waren zu entwickeln, Stunden zu entwerfen. Der gestandene Studienrat Philipp Willms gab Tipps und Anregungen, ließ sich aber auch von Miriam über neue Trends in der Lehrerausbildung belehren.

Harmonie pur.

Philipp schlug vor, in ihrer nächsten Prüfungsstunde einige Photografien zur Veranschaulichung eines Texts zu verwenden.

Wie sie ihn ansah. Wie sie strahlte. Sie schrieb es sich sofort auf.

Philipps Rücken tat überhaupt nicht weh.

Sie lächelte ihn an, er lächelte zurück und überlegte, während er über Wirkung und Bedeutung des Tafelanschriebs schwafelte, wie sie wohl nackt aussah.

Im nächsten Moment sah er sie vor sich, in rosa Minirock und durchsichtiger Bluse, eine rote Plastikrose im schwarzen Haar. Sie lag auf seinem Bett, das rechte Bein angewinkelt, streckte die Arme nach ihm aus, nannte ihn mit heiserer Stimme ihren Powerlover.

Lebenserfahrung, charakterliche Reife, sagte er sich, den vierten (oder fünften?) Grappa in der Hand, ja wer zum Teufel braucht denn so was?

* * *

Motherfucker … booty … ass …
motherfucker … booty … ass …
motherfucker … booty … ass …

wummerte es aus der Anlage.

Motherfucker … booty … ass …
motherfucker … booty … ass …
motherfucker … booty … ass …

Siggi Rogalla verstand nur wenige Wörter, machte aber nichts. Er kannte die Videos, die supergeilen Videos der Rapper mit den scharfen Chickas, die drückten aus, was er so fühlte, nämlich so … Dings, so … Fuck the Dings, so …

Er klickte noch ein wenig auf der Website herum.

»Guck mal, Alter, der Hummer H2 SUT, 'n Monster vonnem Offroader.«

»Kenn ich, Arnie hat den.«

»Ehrlich? Geil. Fuck me, Alter, 325 PS, 30 Zoll Leichtmetallfelgen, ja, leck mich am Arsch.«

»Kostet der Spaß?«

»Wattema, muss mal gucken, so um die siebzig Riesen.«

Eckbert Ziegler schob seine Basecap zur Seite und kratzte sich am Kopf.

»Mann, die müsste man haben, das wär echt geil.«

Siggi nickte und zog wieder an der Pfeife.

»Sach mal, diese vertrockneten Pilze, die bringen's?«

»Aber hallo.«

Erst mal spürte Siggi nichts.

Warn das für labbriges Zeugs?

»Schon gehört? Unsern Möller hat's erwischt. Gefoltert. Inne Schule. Vonnem andern Lehrer.«

»Yo, kann man nicht so stehn lassen, das mit dem Möller, oder?«

»Nee«, meinte Siggi, »kann man nicht, kann man akkurat gar nicht, der Möller, der war okay, der war immer auf unserer Seite, dem sind wir was schuldig, da sollten wir was machen, vielleicht mit paar alte Kumpels, vonne alte Gang, den Bloodhunters, wie früher, was meinsse?«

Siggi stimmte zu, nahm einen Schluck Wodka, zog wieder an der Pfeife.

Er spürte endlich was. So langsam wirkten die Zauberpilze.

Eckberts Birne wurde nun, warte mal, genau, die wurde immer kleiner und kleiner, schrumpelte so zusammen.

Sah aus, glaubste nich.

Jetzt wurde sie auch noch grün.

Det sah aber echt scheiße aus.

»Wie ich gehört habe, waren's der Ramcke und der Braitbach, nicht?«

»Janz jenau, Alter.«

»Ramcke und Braitbach also, sollten wa nich auf lange Bank schieben. Wen nehmen wa zuerst?«

Eckies Birne wurde wieder weiß, dehnte sich nun aber aus, Eckie hatte nun 'nen Ballon aufm Hals, sah aus wie'n Alien im Kino.

Lustig, diese Pilze, konnte man nix sagen, saubere Ware, eins a. Konnte man rauchen.

Motherfucker … booty … ass …
motherfucker … booty … ass …
motherfucker … booty … ass …

* * *

Heribert Karst fühlte sich unwohl.

Er war allein.

Wer auch immmer ihn an diesen Ort begleitet hatte, war verschwunden. Er verspürte Hunger und bestellte etwas. Schon nach wenigen Minuten stand das Gericht vor ihm auf dem Tisch. Er vermochte nicht zu erkennen, um was es sich handelte, tippte aber auf überfahrene Kröte an Zitronengras. Er ließ sie stehen, orderte ein Glas Wein und las in einer Zeitung.

Nach einiger Zeit begann Karst sich von den Zeitungsberichten zu lösen und die anderen Gäste zu betrachten. Das Café war mittlerweile gut besucht und der Altersdurchschnitt mochte nach seiner Schätzung um die dreißig liegen. Erstaunlich schien ihm, was eine Reihe der männlichen Gäste trug: über den Köpfen zusammengebundene, bunt bedruckte Tücher, Tätowierungen auf den Armen sowie Ohrringe.

Das letzte Mal, dass Karst solche Kostümierungen gesehen hatte, war in seiner Kindheit gewesen, als er mit dreizehn oder vierzehn Jahren für das ungebundene Piratendasein geschwärmt hatte. Damals war er Woche für Woche ins *Excelsior* gelaufen, um dort in Filmen wie *Der rote Korsar* und *Freibeuter der Meere* zu versinken. In diesen Streifen enterten einst Erroll Flynn oder Burt Lancaster die trägen Schaluppen der englischen Pfeffersäcke oder beschossen lachend – als pföffen sie gleichsam auf jede Gefahr – die stolzen Galeonen der spanischen Armada mit Salven aus ihren Vierpfündern. In derselben Haltung betraten heute junge Männer Cafés und bestellten – vollkommene Todesverachtung im Blick – das kleine Frühstück.

Andere wiederum schienen ihre Kleidung, im Wesentlichen zerschlissene Hosen und ausgebleichte T-Shirts, direkt aus den Flüchtlingslagern der Vereinten Nationen zu beziehen. Wenn sie aber alle so arm waren, woher hatten sie dann das Geld, um sich hier teure Cocktails zu leisten?

Die Dämmerung brach an und das Licht war mittlerweile so schwach, dass er nicht mehr lesen konnte. Der Alkohol machte ihm so langsam zu schaffen. Sein Magen schien gegen den Wein, der hier den Gästen verabreicht wurde, allergisch zu sein.

Karst suchte die Toilette auf. Er schlug sein Wasser ab und begab sich wieder an seinen Tisch.

Er sah aus dem Fenster auf die Straße herüber und erblickte einen Mann, der einen Einkaufswagen, wie Karst sie aus Discountmärkten kannte, vor sich herschob. Im Wagen befand sich zwischen zusammengeknüllten, fleckigen Decken und einem schreienden, rotgesichtigen Baby ein Kasten Bier. Karst zahlte und nahm Reißaus.

* * *

»Nofretete?«

Gesines Stimme klang ungläubig.

»Nofretete?«

»Ich habe lange hin und her überlegt, ehrlich, bin die ganze Zeit nicht darauf gekommen, aber sie sieht Nofretete wirklich sehr, sehr ähnlich. Hier, Sterjo, schau du dir mal das Photo an.«

Philipp zeigte ihm eine Aufnahme, die er mit seinem Handy bei dem kleinen Italiener gemacht hatte, ohne dass Miriam etwas davon bemerkt hatte. (Er verwendete es außerdem als Bildschirmschoner.)

Sterjo besah sich das Photo und nickte anerkennend.

Gesine stellte ihr Weinglas ab.

»Ja, tatsächlich«, meinte sie, »jetzt, wo du es sagst, fällt es auch mir wie Schuppen von den Augen, und wahrscheinlich gleicht sie ihr auch vom Wesen her, so königlich, so erhaben, so überirdisch.«

»Kann sein, kann durchaus sein.«

»Genau, Philipp, sie ist es, natürlich, die Tugendleuchtende, die hochbrüstige Göttin, deren honigfarbener Leib nie endende Wollust verspricht.«

»Na, nun übertreib mal nicht.«

»Ach was, übertreiben, habe ich vor ihrer Wohnung nicht auch ein paar Sklaven vom unteren Nil gesehen, die für sie den Müll runterbringen?«

Gesine kam in Fahrt, blinzelte zu Sterjo herüber.

»Sie ist es, die Pharaonin, die, vor der heimischen Pyramide wartend, das Gesicht des zurückkehrenden Kriegers in ihrem duftigen Schoße birgt und …«

»Schon gut, Gesine, schon gut, ich habe es ja kapiert.«

»Na hoffentlich.«

Gesine griff zum Glas.

»Nofretete. Ja, so ein Schmarren.«

Sie sah zu Sterjo hinüber, der mit den Achseln zuckte.

* * *

Philipp, zu unruhig, um Schlaf zu finden, schaute sich einen Film an: *Monsieur Jacques und seine Gespielinnen.*

Der Film spielte am Mittelmeer, im Anwesen eines kultivierten Millionärs, eines Kunstsammlers. Drei seiner blutjungen Gespielinnen (zweimal blond, einmal schwarzhaarig) entkleideten sich auf der Terrasse einer südfranzösischen Villa. Nutznießer dieses Vorgangs war Monseigneur Jacques, ein bejahrter, aber tadellos gekleideter Herr. Er saß, weißhaarig, gebräunt, ein Zigarillo genießend, am Rande des im Sonnenlicht glitzernden Pools, neben sich, auf einem dünnbeinigen, silbernen Beistelltisch, eine Flasche Veuve Cliquot. Die drei Nackten stellten sich um Monsieur Jacques herum in Positur, ihre makellosen Körper spiegelten sich im Glas seiner Sonnenbrille.

Etwas übertrieben, ein alter Mann und drei junge Dinger, dazu die Villa am Meer, aber gut, solche Dinge passierten, und außerdem, dichterische Freiheit galt auch für Drehbuchautoren. Und so unrealistisch, fand Philipp, so *vollkommen* unrealistisch war die Angelegenheit nun auch wieder nicht.

* * *

»Alles klar soweit, Sterjo, bis dann. Und vielen Dank noch einmal. Das ist wirklich sehr nett von dir. Bis Donnerstag dann.«

Philipp legte auf.

»Was ist denn klar?«, fragte Gesine.

Philipp grinste, füllte sein Weinglas nach.

»In zwei Wochen fahre ich mit meinem Dreizehner Geschichtskurs nach Moskau. Unsere Kursfahrt. Und rate mal, wer als weibliche Begleitperson eingeteilt ist?«

Gesine dachte kurz nach.

»Eine Pharaonin?«

Philipp nickte.

»Was hat denn mein Sterjo damit zu tun?«

»Der fährt mit. Hat Verwandte dort. War auch schon ein paarmal da und kennt sich aus. Er wird mir die Tipps geben, die ich brauche, um in Moskau gut auszusehen. Angesagte Clubs, aber auch Bolschoitheater, Kultur. So Mann-von-Welt-mäßig. Das ganze Programm. Dürfte eine gewisse junge Dame schwer beeindrucken.«

»Hat Sterjo mir gar nichts von erzählt.«

Philipp schenkte Gesine nach.

»Hat er nicht? Komisch, wird er vergessen haben. Sterjo hängt es halt nicht an die große Glocke, wenn er einem Freund hilft. Temperatur vom Wein stimmt übrigens noch nicht so ganz, habe das Gerät erst letzte Woche wieder angeschmissen. Wo war ich gerade? Ach so, abends werd ich allein mit ihr losziehen. Sterjo kümmert sich um die Schüler.«

Gesine griff zum Glas.

»Guter Plan.«

Sie kostete den Wein.

»Hast dich ja rasiert.«

»Ach, der Bart.«

Philipp fuhr sich über das rasierte Kinn.

»Der war doch nichts für mich.«

»Und Anita?«

»Anita? Mit der habe ich mich so richtig ausgesprochen. Wir sind ja zwei erwachsene Menschen.«

* * *

Nach einem katastrophalen Tag, an dem so ziemlich alles schiefgegangen war, was bei der Neudekoration einer Parfümerieabteilung nur schiefgehen kann, betrat Anita Kamps ihre Wohnung. Sie schloss die Tür hinter sich, atmete durch und stellte ihre Einkaufstüten ab. Eine rote Eins an ihrem Anrufbeantworter zeigte eine Nachricht an. Philipp oder Elke? Sie drückte auf die entsprechende Taste.

Hallo Anita, hier Philipp. Ich ruf an wegen … Ich muss dir was sagen, also, das ist nicht so gut, mehr so, also, ich, das ist jetzt nicht einfach für mich, aber ich glaube, mit uns, das wird nichts, ich meine, war doch von Anfang an nicht so, du hast das doch auch gemerkt, irgendwie …

Anita Kamps ging ins Bad und betrachtete sich im Spiegel. Sie sollte sich wieder einmal etwas pflegen, bisschen viel Stress in letzter Zeit. War gar nicht gut für ihren Teint. Sie zog ihre Lippen nach. Ein Wochenende in einem Wellnesshotel stand ihr eigentlich mal wieder zu. Man wurde schließlich nicht jünger. Sie überprüfte den Sitz der Frisur. Ganz okay soweit. Ein kurzer Kontrollblick ergab, dass ihr Vorrat an Chanel No. 5 langsam zur Neige ging. Ihr Klassiker, zu dem sie immer wieder zurückgekehrt war. Sollte sie gleich morgen nachkaufen. Gab ja Prozente. Sie ging ins Wohnzimmer zurück.

… Freunde bleiben, unbedingt, doch, das meine ich ernst, wirklich, … kannst du mir glauben, auf jeden Fall. Mal was essen gehen oder so … also dann, äh, alles Gute.

Anita Kamps setzte sich und entzündete eine Zigarette. Ihr fielen einige Worte für Philipp ein. »Feigling« war noch das freundlichste.

* * *

Moskau.

Eine fremde, exotische Welt. Voller Raubtiere. Wer keine Ahnung hatte, der konnte leicht unter die Räder kommen. Er würde mit ihr an Orte gehen, die kein Tourist je gesehen hatte, ihr Dinge zeigen, die in keinem Reiseführer zu finden waren: Nachtclubs, illegale Spielhöllen, tscherkessische Gangster mit Goldzähnen.

* * *

Philipp saß an der Haltestelle und wartete auf seinen Bus. Ihm gegenüber befand sich immer noch das riesige Werbeplakat, wenn auch mittlerweile verblichen, auf dem sich junge Menschen im warmen Licht des tropischen Sonnenuntergangs komatös soffen.

Philipp schüttelte den Kopf.

Zähne aufhellen, Fett absaugen, Botoxspritzen in die Stirn jagen, Sportwagen kaufen, das ganze Programm, nicht mit mir.

Er war in eine Frau verliebt.

Und sie in ihn. (So gut wie.)

Fertig. So einfach war das.

Vor ein paar Tagen hatte er etwas vorgefühlt, hatte ihre Hand gehalten, ihr in die Augen geschaut. Im Moment leider ungünstig, hatte sie gesagt, wegen Prüfungsstress und so, dazu noch die Trennung vom Freund, das wirke nach, aber schon bald, schon sehr bald, nach ihrer Prüfung, nach ihrer bestandenen Prüfung, wohlgemerkt, dann hätte sie den Kopf wieder frei für solche Dinge. Er nickte, hatte verstanden.

Das war ein Versprechen.

Er schaute wieder auf das Plakat. Im Grunde alles junge freundliche Menschen, die ihn mit offenen Armen in ihre bonbonbunte Welt aufnehmen würden.

* * *

Die dicken Tropfen des nachmittäglichen Regens klatschten in den Boden wie Miniaturgranaten, kleine Krater hinterlassend, die sofort mit Wasser vollliefen. Schwarzgraue Wolkenmassen schoben sich vor die Sonne, Donnerschläge erfüllten die Luft.

Dieter Ramcke war es egal.

Ohne Regenschirm stapfte er durch den morastigen Pfad, der sich vom Schulgebäude zu dem kleinen Waldstück schlängelte, in dem er sein Steinzeitprojekt durchgeführt hatte. Das aber war nicht der Grund für seine Eile. Eine SMS trieb ihn an, ließ ihn an nichts anderes denken. Jemand, der sich mit ihm dort treffen wollte, versprach ihm Informationen über eine gegen ihn geplante Aktion.

Er blieb für einen Moment stehen und schaute in die Wolken hinauf.

Er hatte schon genug Ärger am Hals, mit der Polizei, mit der Staatsanwaltschaft und ganz besonders mit den Anwälten, die Möller, Erdmann und Rotteck auf ihn gehetzt hatten und die ihn wegen Körperverletzung, Freiheitsberaubung, Schmerzensgeld und weiß der Himmel was noch verklagen wollten. Wenn er Pech hatte, war er bald ein armer Mann. Auf seinen Kumpel Fredy Braitbach konnte er nicht mehr zählen, der Kerl machte auf psychisch krank, um seinen Arsch zu retten.

Noch einmal würde er so etwas wie den Mist im letzten Schuljahr nicht zulassen. Nicht mit ihm, nicht mit Dieter Ramcke. Diesmal würde er zuerst zuschlagen, ohne Pardon.

Er beschleunigte seine Schritte.

9. Kapitel

»Liebe Frau Ramcke, liebe Kinder, liebe Geschwister, Anverwandte und Freunde, Kollegen, Schüler und Schülerinnen, Sportskameraden und Nachbarn, sehr verehrte, liebe Trauergemeinde. Wir haben uns heute hier zusammengefunden, nicht etwa, weil wir dieses wollten, nein, das ganz bestimmt nicht, sondern weil uns das Schicksal an diesem Morgen hierher geführt hat. Wir alle wären in diesem Moment sehr gerne ganz, ganz woanders, wir gingen viel lieber unseren alltäglichen Beschäftigungen nach. Das Schicksal aber hat uns mit rauer Stimme an diesen Ort gerufen, um noch einmal jemandem zu gedenken, den wohl keiner von uns jemals vergessen wird. Denn wer von uns hätte den Abberufenen nicht so vor Augen, wie ihn alle kannten: rücksichtsvoll, freundlich zu jedermann, Ehemann, Vater und Freund. Ein Mann, dessen Wort im Kollegenkreis etwas galt. Ein Mensch, dessen plötzlicher Heimgang nur tragisch genannt werden kann. Die beiden jungen Menschen, die dabei waren und helfen wollten, sie kamen zu spät. Siegfried Rogalla und Eckbert Ziegler sitzen unter uns wie ein Häufchen Elend, sind, ganz ohne Zweifel, mit die Traurigsten in unserer Gemeinschaft. Wir dürfen aber …«

Philipp hörte dem Pfarrer längst nicht mehr zu. Stattdessen schaute er auf den mit Kränzen dekorierten Sarg.

Ramcke war tot, mausetot, daran war nicht zu rütteln.

Ramcke hatte sich in der Nähe der Grube seines Steinzeitprojekts aufgehalten und dort zufällig Siggi und Eckbert getroffen. An dem Nachmittag hatte es ein Gewitter gegeben und fürchterlich geregnet. Der Regen hatte das Erdreich stark aufgeweicht und Ramcke hatte den Halt verloren. Er war in diese dämliche Grube gefallen, in deren Grund übereifrige Schüler angespitzte Pfähle gebohrt hatten. Das war's. Aus.

War er etwa schuld?

Diese Frage trieb ihn um, hatte ihn zwei Nächte um den Schlaf gebracht; er hatte sich mit Gesine im *EXIT* getroffen.

»Sind wir für Ramckes Tod verantwortlich?«

Gesine hatte ihr Schnapsglas geleert und mit dem Kopf geschüttelt.

»Unsinn. Warum sind wir denn schuld, wenn der Kerl in seine eigene Grube purzelt? Das ist doch Ramckes Schuld.«

»Na, ein bisschen komplizierter ist die Angelegenheit aber schon.«

»Wieso?«

»Na, Ramcke ist durchgedreht, hat drei Kollegen angegriffen und verletzt. Das hat doch damit zu tun, was er in den letzten Monaten mitgemacht hat, oder etwa nicht?«

»Sicher, klar, aber ...«

»Und wir haben was damit zu tun, mit den Verleumdungen, dem Mobbing und dem ganzen Kram.«

»Na, ja, ganz streng nach dem Verursacherprinzip, da ...«

»Vielleicht haben wir eine Teilschuld?«

Beide schwiegen. Gesine bestellte einen weiteren Schnaps.

»Gesine, sollen wir uns stellen?«

Gesine schaute ihm in die Augen.

»Philipp, wenn du die Schuld auf dich nähmst ...«

»Wieso ich? Ich sagte wir.«

»Also gut, wenn wir uns stellten, angeklagt und verurteilt würden, wem nützt das schon? Ramcke ist tot. Nichts wird ihn wieder lebendig machen. Außerdem, rein formaljuristisch, was haben wir denn getan? Wir haben eine Klausur ausgetauscht, das ist schon alles.«

Das war richtig, das konnte Philipp nicht bestreiten.

Gesine wurde ein Schnaps gebracht.

»Und wer hat mit dem Streit angefangen?«

»Das war Ramcke«, rief Philipp. »Wenn der Kerl sich nicht eingemischt hätte, wär die ganze Sache nicht passiert.«

»Siehst du? Und außerdem hast du das Wichtigste vergessen.«

»Was denn?«

Gesine leerte ihr Glas.

»Es war ein Unfall, sagt Ecki, sagt Siggi und sagt auch die Polizei.«

Philipp hatte genickt und in sein Weinglas gestarrt.

Schließlich lautete ihr gemeinsames Urteil: unschuldig.

Ein glatter Freispruch.

* * *

Der Herr hat's gegeben,
Der Herr hat's genommen …

Noch zwei Tage.

Zwei läppische Tage.

Dann würde sich alles ändern.

Sie würde ihm gehören.

Und ob ich schon wanderte im …
dein Stecken und Stab trösten mich …

Für einen kurzen Moment dachte er an die Opfer, die sein Plan bis jetzt gekostet hatte.

Er unterdrückte ein Gähnen.

Die Trauergemeinde erhob sich.

Marianne Ramcke, in der ersten Reihe stehend, schluchzte, in die Worte des Geistlichen hinein, laut auf. Sie konnte sich nicht mehr länger auf den Beinen halten und musste sich auf die Kirchenbank setzen. Mit einem Taschentuch wischte sie sich Tränen von den Wangen.

Es war auf einmal sehr still in der Kapelle.

Er hätte am liebsten vor Glück getanzt.

Nur noch wenige Tage.

Und dann:

Spaciger Sex

Spaciger Sex

Spaciger Sex

Er hielt für einen Moment inne.

Warum fühlte er keine Trauer oder wenigstens Mitleid mit den Hinterbliebenen? Verlor er den Verstand? Drehte er durch? Ach was.

Man musste doch nur in die Geschichtsbücher sehen: Für solche Gottköniginnen schleifte man früher Städte, wurden Völker achtlos versklavt, Brüder gepfählt oder lästige Rivalen in siedendes Öl getaucht, segelten wohl auch Abenteurer auf brüchigen Planken ins Unbekannte auf ihrer Suche nach Jade, Achat und Lapislazuli.

* * *

Nach der Trauerfeier und der Beisetzung stand Philipp mit Gesine vor dem Eingang zum Friedhof. Bernd Möller gesellte sich still zu ihnen. Dann strömten die Kollegen durch das

Tor zum Parkplatz hin, Weyhrauch vorneweg, an seiner Seite die Witwe und zwei halbverwaiste Söhne. In dem Pulk schwarz gekleideter Menschen konnte Philipp außerdem noch Rainer Erdmann, die Rothenberg, Karst und den Kollegen Rotteck ausmachen. Schließlich folgte eine kleine, gebückte Frauengestalt, in der er Frau Braitbach erkannte. Er ließ Gesine und Möller stehen und ging zu ihr hinüber. Sie wirkte äußerst verstört. Sie müsse nach München, vertraute sie ihm an, ihrer betagten Mutter wegen, es gehe ihr sehr schlecht. Dazu noch die Sorgen um ihren Mann, der einer langwierigen psychotherapeutischen Behandlung bedürfe. Sie trocknete mit einem zerknüllten Taschentuch einige Tränen. Und dann noch ihr Eigenheim, um das sich ebenfalls zu kümmern sei. Philipp bot spontan seine Hilfe an. Was immer er tun könne, das werde er tun. Schließlich gab er, mit beiden Händen Frau Braitbachs zitternde Hand umfassend und ihr in die verweinten Augen blickend, seiner Hoffnung Ausdruck, dass der Schuldige an den Vorfällen um ihren Mann baldmöglichst gefasst werden möge. Dieser Halunke dürfe einer gerechten Strafe nicht entgehen.

* * *

Am Abend dieses ersten November, nach der Beerdigung, traf er sich mit Miriam in einem Café. Sie wirkte bedrückt, etwas schien ihr auf der Seele zu liegen. Er hielt ihre Hand. Sie erzählte ihm von ihrem Hauptseminar, von Körner, dem Leiter, seinen hohen Anforderungen, ihren (bis jetzt) eher mittelmäßigen Noten und wie wichtig eine gute Abschlussprüfung für sie wäre.

Philipp litt mit ihr. Wenn er doch nur könnte, wie er wollte.

Als Erstes aber würde er, aus dunkel-schwerem Stein gefügt und in trister Ödnis stehend, eine Pyramide erbauen lassen von Didaktikern, Kultusministern, Direktoren, Referenten, Bildungsexperten, Ministerialbeamten, Gutachtern der versammelten Kultusministerkonferenz, Gesamtschulgegnern, dem Philologenverband, Gesamtschulbefürwortern, Richtlinienschreibern, Verbandsfunktionären jeglicher Richtung, Curriculumentwicklern, GEW-Vorsitzenden, Hochschuldidaktikern, kurz, von all den pädagogischen Wegelagerern, die unter den Peitschenhieben und den Tritten der Aufseher würden büßen müssen für ihre Schandtaten. Erlösung würde ihnen dennoch nicht zuteil werden, denn er ließe sie in eben jene Pyramide sperren und wenn der letzte Stein, gefertigt aus gemeißeltem Granit, die Pyramide auf ewig verschlösse, säßen sie dort eingepfercht, ohne Nahrung, unrettbar verloren.

Am nämlichen Tage aber feierte das ganze Land alljährlich ein Fest zu Ehren der Freude und des Lichts.

* * *

Philipp las Zeitung.

SCHULE KOMMT NICHT ZUR RUHE
Elternvertreter kritisieren Schulleiter

Wie gestern in Gesprächen mit Schülern, Eltern, Lehrern und Vertretern der Kultusbürokratie zu erfahren war, scheinen die Probleme am Altsprachlichen Gymnasium am Wilhelmshain nicht abzureißen. Trotzdem sind die meisten Betroffenen guten Mutes, das diesjährige Abitur trotz mehrfachen Lehrerausfalls über die Bühne zu bekommen, ohne für die Schüler Nachteile entstehen zu lassen. Dies zumindest soll angestrebt werden. Gerade engagierte Eltern jedoch fürchten deutliche, kaum wiedergutzumachende Wettbewerbsnachteile für ihre Kinder. Immer mehr ins Zentrum der Kritik gerät dabei auch die Person des Schulleiters, Dr. Hartmut Weyhrauch, der nach Meinung seiner Kritiker »seinen Laden nicht mehr zusammenhalten kann«. Direktor Weyhrauch wollte sich am gestrigen Nachmittag nicht zu den Vorwürfen äußern.

Probleme scheint auch der umstrittene Versuch zu bereiten, schwer erziehbare Jugendliche einzugliedern, der seit zwei Jahren im Gymnasium am Wilhelmshain unternommen wird. Sich hartnäckig haltende Gerüchte sprechen von Rückfällen und Drogenkonsum. Von Seiten der Kultusbürokratie war gestern keine Stellungnahme zu erhalten. Eine Pressekonferenz ist allerdings für den

Philipp legte die Zeitung weg.

* * *

Philipp legte die Post zu dem Stapel, der sich auf der Anrichte angesammelt hatte. Dann goss er das Grünzeug: Alpenveilchen, Gardenien, Orchideen. Fantasie hatten die Braitbachs in die Ausstattung ihres Eigenheims nicht investiert. Die Einrichtung war nicht billig, von solider Qualität und unbedingter Seriosität. Ein Eichenschrank im Wohnzimmer, eine graue Couch und zwei graue Sessel um den Marmortisch gruppiert, die Einbauküche in hellblau. Das Kinderzimmer so, wie es die mittlerweile studierende Tochter vor Jahren verlassen hatte, die Poster vergessener Helden noch an der Wand. Alles aufgeräumt in diesem Haus, jedes Ding an seinem angestammten Platz.

Seiner Neugierde folgend hatte er vom Keller bis zum

Dachboden jeden Raum inspiziert. Das Schlafzimmer blieb als letzter Raum übrig. Es war zugesperrt, aber der Schlüssel steckte im Schloss. Offensichtlich hatte Frau Braitbach vergessen, ihn abzuziehen. Philipp drehte den Schlüssel herum und ging hinein. Nichts Besonderes war zu sehen. Ein Doppelbett, mit einer geblümten Tagesdecke bezogen, neben dem Fenster, an der gegenüberliegenden Wand allerdings ein riesiger Schrank mit acht verspiegelten Türen.

Vor dem Bett eine kleine, schwarze Basttruhe, wahrscheinlich für die schmutzige Wäsche. Ohne groß nachzudenken, hob Philipp den Deckel an.

Das gab es doch nicht.

Philipp konnte es kaum glauben.

Bei den Braitbachs! Niemals hätte er so etwas für möglich gehalten. Er griff in die Truhe hinein.

Seine Fingerspitzen fuhren über kühles, glattes Leder.

* * *

Drei Protokolle waren zu schreiben. Hauptwachtmeister Werner Gleib schaute auf die Uhr – noch zweieinhalb Stunden bis zum Feierabend. Da lag er gut in der Zeit. Er zündete sich eine Zigarette an und schaute auf den bläulich flimmernden Bildschirm.

Am 10. November um 17:42 Uhr erhielt die Wache einen Anruf und wurde wegen Ruhestörung zum Kastanienweg 9 gerufen. Die Anruferin, eine Frau Hermann, wohnhaft Kastanienweg 7, beschwerte sich über Lärmbelästigung im Hause des Nachbarn. Sie gab außerdem an, dass die Nachbarn, Fredy Braitbach und Gattin, zurzeit verreist seien. Deshalb käme ihr die ganze Angelegenheit verdächtig vor.

Als Wachtmeister Bertold und ich dort ankamen, wurden wir Zeuge einer gewalttätigen Auseinandersetzung zwischen zwei verfeindeten Straßengangs im Garten des Eigenheims Kastanienweg 9. Es handelte sich um die Pussyfighters und die Bloodhunters, insgesamt etwa zwanzig Personen. Als wir eingriffen, flohen die Beteiligten. Es gelang uns, drei der Täter zu ergreifen und in Gewahrsam zu nehmen. (Zwei Hunter, ein Fighter.) Anschließend durchsuchten wir das Anwesen. Große Teile des Mobiliars waren zerstört, alle Zimmer befanden sich in einem Zustand mehr oder weniger starker Verwüstung.

Inmitten des Chaos fanden wir in der Küche einen ohnmächtigen Mann, der offensichtlich keiner der beiden Gangs zuzurechnen war. Er trug einen Lederanzug und eine Ledermaske, wie sie bei sadomasochistischen Sexualpraktiken verwendet werden. Laut Aussage eines Hunters, der seinen Namen mit »Captain Blutwurst« angab, hatten sich die Hunter in dem Haus eingefunden, um »ein paar alten Kumpels einen Gefallen zu tun und dem Hausbesitzer eine zu verpassen«. Das hätte man auch erledigt und gleich danach noch Party gemacht. Plötzlich sei dann diese »verwichste Bande« (er meint wohl die Fighter) aufgetaucht, die ihnen wahrscheinlich aus ihrem Viertel gefolgt seien. Diese hätten sie dann sofort angegriffen.

Bei dem im Haus gefundenen Mann handelt es sich nicht um den Hausbesitzer, Herrn Fredy Braitbach, sondern um einen Arbeitskollegen Braitbachs namens Philipp Willms, der sich während der Abwesenheit der Braitbachs um das Haus kümmern sollte. Ganz offensichtlich wurde Willms ein Opfer seiner Hilfsbereitschaft sowie einer Verwechslung. Denn die Hunter hielten ihn offensichtlich für Braitbach. Aufgrund seiner Ledermontur, insbesondere der Gesichtsmaske, sahen sie sein Gesicht nicht.

Warum Willms allerdings in diesem Aufzug die Blumen goss, ist noch ungeklärt. Willms selbst konnte zu den Vorfällen noch nicht befragt werden, da er sich zur Zeit im Krankenhaus befindet und die Ärzte von einer Vernehmung noch abraten.

Werner Gleib speicherte den Text, drückte die Zigarette aus und öffnete das Fenster. Er wedelte mit einer Zeitung im Rauch herum. Nach ein paar Minuten schloss er das Fenster. Die Kollegen waren aber auch so was von empfindlich geworden.

Total bescheuert.

10. Kapitel

»Tut mir leid, geht nicht anders.«

»Ach, nee, das ist also deine Freundschaft wert? Stellvertretender Schulleiter? Mehr nicht?«

»Freundschaft? Freundschaft? Ich höre immer Freundschaft. Nun werd mal nicht sentimental. Du bist einfach nicht mehr zu halten. Dauernd passiert irgend so ein Scheiß an deiner Schule.«

Dem Herrn Ministerialdirektor reichte es offensichtlich.

Doch Weyhrauch war sauer.

»Du lässt mich also fallen, einfach so?«

»Wirst schon wieder auf die Füße fallen, Mensch, ein Kerl wie du.«

»Arsch.«

»Nun ist aber gut.«

Ein ehemaliger Direktor stand auf.

»Schönen Tag noch.«

»Wünsch ich dir auch, Weyhrauch. Und wenn ich dir mal helfen kann, komm ruhig vorbei, meine Tür steht immer offen für dich, sperrangelweit.«

Eine Tür fiel laut ins Schloss.

»Manche Leute haben aber auch gar keinen Humor, nicht wahr, Frau Berger?«

»So gar keinen, Herr Ministerialdirektor.«

»Wie sieht denn die Bilanz an diesem Gymnasium aus?«

Frau Berger schaute auf einen Zettel.

»Weyhrauch nicht mehr Direktor, Erdmann, Rotteck und Möller in medizinischer Behandlung, Ramcke unter der Erde, Braitbach in psychiatrischer Obhut, Willms in der Klinik. Und ein Kollege namens Hellmann, einen Moment bitte, ah, ja, krankgemeldet.«

»Wegen was?«

»Mumps.«

»So, so, na, wir brauchen zunächst einen kommissarischen Schulleiter. Diesmal nehmen wir aber einen Kollegen, der uns nicht wieder mit allem möglichen modernen Reformzeugs kommt. Vorschläge, Frau Berger?«

»Aber sicher.«

* * *

»Ach, guck ma, geil, das Top, nich?«

»Super.«

»Wird Sterjo gefallen.«

»Glaub ich auch.«

Das Spiegelbild bestätigte bereits Gesagtes.

Ein Top wechselte von Freundin zu Freundin.

»Sag mal, wie isser denn eigentlich so, dein Neuer? Hast ihn mir ja noch gar nicht vorgestellt.«

»Du, Saskia, das mach ich noch, wirklich, versprochen.«

»Und, wie isser denn nu?«

Das Top wurde ins Regal zurückgelegt.

»Tja, der ist, weiß auch nich, so, einfach alles.«

Ein makelloses Gesicht nahm einen konzentrierten Ausdruck an.

»Manchmal so ganz direkt, dann wieder plötzlich zärtlich, weißt du, mehr so einer, der immer weiß, was er will.«

»Meine Herren.«

Saskia pfiff anerkennend.

»Bin ja sonst nich so eine, die sich gleich auf Anhieb verliebt.«

»Kann man wohl sagen. Bist ja mehr so die Vorsichtige.«

»Genau. Aber die Tage in Moskau, die waren echt der Hammer.«

»Nächte auch?«

»Nächte auch.«

»Werd so langsam neidisch.«

»Kannste auch. Der hat mir alles gezeigt.«

»Den Kreml und so?«

»Quatsch, die ganzen abgefahrenen Clubs in Moskau. Glaubt doch kein Mensch, was da so abgeht. Du, da fällt mir ein, ich werde auch noch die Schule wechseln müssen. Mit dem Gymnasium, da ist Schluss.«

»Ach, nee.«

»Ja, wegen so'n paar extremer Geschichten. Muss ich dir alles nachher ganz haarklein erzählen.«

»Was denn, schon wieder ein neuer Ausbilder?«

»Genau, schon wieder einer. Aber Gott, so schlimm ist das nun auch wieder nicht. Man muss diese betagten Herren ja nur einmal anlächeln und schon fressen sie einem aus der Hand.«

Zwei Freundinnen lachten gemeinsam.

»Kann man wohl sagen. Ist bei mir auch so. Meiner macht alles für mich, wenn er glaubt, es könnte eventuell noch was gehen.«

»Ja, genau, dann werden die ganz zutraulich, die Armen.«

Gemeinsames Gekicher.

»Ach, guck ma hier, ist das nicht das absolute ...«

* * *

Die Krankenschwester schraubte den Plastikbeutel los und ersetzte ihn durch ein neues, leeres Exemplar. Dann betrachtete sie die gelbrote Flüssigkeit im halb gefüllten Beutel. Sie schien zufrieden mit dem Ergebnis zu sein, lächelte in Philipps Richtung und verließ das Zimmer.

Gesine saß neben Philipps Bett.

Er schaute mit dem brauchbaren Auge zu ihr hinüber.

Gesine zeigte Philipp ein Photo. Sterjo, auf einer Brunnenmauer sitzend, lachte glücklich in die Kamera. Sie zerriss es. Die Schnipsel segelten durch die Luft und fielen auf den blanken Boden.

Gesine sah Philipps fragenden Blick.

»Er hat 'ne andere.«

Philipp schloss das Auge.

»Er ist jetzt mit deiner Trulla zusammen.«

Philipp öffnete das Auge wieder.

»Ja, mit deiner Nofretete. Seit Moskau. Er war mit ihr dort. Du warst ja leider verhindert.«

Sie verschränkte die Arme vor ihrer Brust.

»Albaner! Wozu, mein Lieber, braucht denn nur ein Land wie Albanien ausgerechnet Kommunikationswissenschaftler? Und was gibt es da überhaupt zu studieren? Menschen verständigen sich und basta!«

Sie sah Philipp an.

»G'nau, ssu waff überhaup«, assistierte Philipp.

»Korrekt. Und warum studieren die attraktivsten Albaner so unseriöses Zeug ausgerechnet bei uns?«, legte Gesine nach.

Mit der Schuhspitze schob sie die Schnipsel unter Philipps Bett.

»Der gemeine Albaner quatscht doch den lieben langen Tag mit seinesgleichen. Von Esel zu Esel. Ganz ohne die Hilfe studierter Kommunikationsschnösel. Solche Windbeutel und Klugscheißer sollten lieber ein Handwerk erlernen. Oder ihr Land auf deutsches Niveau bringen.«

»Unsa Niewoh, g'nau.«

»Nehmen solche Ausländer nicht unseren Abiturienten die Studienplätze weg? Albaner sind doch Ausländer, oder etwa nicht?«

Philipp deutete ein Nicken an.

»Na also! Und wieso dürfen die das überhaupt? Wird als Zugangsvoraussetzung für eine deutsche Universität etwa ein albanisches Abitur akzeptiert?«

»Daff albansche Aptur!«, gackerte Philipp.

»Haha, da lachen ja die Hühner«, führte Gesine diesen Gedanken fort, »so ein ausgemachter Unsinn. Das weiß ja nun aber wirklich jeder, dass das albanische Abitur, dieser Fetzen buntes Papier, nichts wert ist, rein gar nichts, absolut nichts, nix, Towarisch, isse nixe wert.«

Gern hätte Philipp, als Zeichen der Zustimmung, einen Arm gehoben.

Ging aber nicht.

Zu große Schmerzen.

Gesine rückte ihren Stuhl an sein Bett heran und tätschelte seine eingegipsten Gliedmaßen.

* * *

»Wir nehmen dann erst einmal die Bruschetta, grazie, Alberto. Na, meine liebe Elke, wie geht es dir und Bruno? Gut? Schön zu hören.

Heute hätte ich mal Appetit auf Fisch, vielleicht mal Doradenfilet auf Safrannudeln oder so etwas, du auch, prima, bestellen wir dann gleich, wenn Alberto kommt, um uns seine neuen Hosen vorzuführen, der gibt ja nie auf, diese Italiener, man glaubt es nicht, ich, mit Alberto? Na hör mal, das Thema ist doch nun wirklich durch, da war doch nie was, hätte ich dir doch wohl erzählt, oder? Was denn dann bei mir ist? Na, nichts Besonderes, aber letztens hat sich doch Philipp wieder bei mir gemeldet, richtig, Philipp, der mit der Telefonnummer im Café und mit dem Abschied per Anrufbeantworter, na, ich habe nicht schlecht gestaunt, kann ich dir sagen, entweder sehr, sehr mutig oder aber ein ganz skrupelloser Kerl, schwer zu sagen, na ja, wir haben uns dann noch mal getroffen, irgendwie war ja mein Interesse doch noch mal geweckt, außerdem war ja da auch noch eine Rechnung offen, nicht wahr?

Was soll ich dir sagen, der sah total schlimm aus, nein, nicht dick geworden, sondern wie jemand, den man furchtbar zusammengeschlagen hat, alles voller Macken, Schnitte und so, sah wirklich gefährlich aus, ach, die Antipasti, wie schön, ich habe aber auch einen Hunger, also Philipp hat erzählt, auf der Etage unter ihm lebt so ein Säuferehepaar, beide schon jenseits von Gut und Böse, er schon ein paarmal im Knast gewesen, ist ein Rechter, die hauen sich jeden Tag die Rübe zu, krakeelen rum, streiten sich immer, schreien Obszönitäten durchs Fenster, nicht zum Aushalten, und dann kam es eine Nacht mal ganz dicke, weil der Typ seine Alte geschlagen hat, das hat man im ganzen Haus gehört, ist Philipp runter, hat die Frau aus der Wohnung rausgeholt und die Polizei gerufen.

Wo war ich? Ach so, wie gesagt, hat der Typ sich 'ne Anzeige wegen Körperverletzung, Beamtenbeleidigung und so eingehandelt, ein paar Tage danach kommt Philipp abends nach Hause, sind ein paar Kerle im Hausflur, die haben ihm da aufgelauert und ihn verprügelt, was, ja, ja, wahrscheinlich ein paar Kumpel von dem Säufer, kann man natürlich nicht beweisen, was willst du machen, hat sogar lange im Krankenhaus gelegen, der Arme, eingegipst und so, das volle Programm, irgendwie auch toll, so was, oder? Wie, Rechnung offen mit Philipp, ja natürlich, aber er hat gesagt, damals, als er sich von mir getrennt hat, da hätte keine andere Frau dahintergesteckt, er wäre zu der Zeit mehr so in einer Art Sinnkrise gewesen, so wie, was soll das Leben überhaupt und so'n Zeugs, das wär aber nun vorbei, er ist innerlich gefestigt, eine gereifte Persönlichkeit. Ob ich ihm das glaube?

Wofür hältst du mich? Sag mal, du arbeitest doch immer noch mit diesem Resozialisierungsprojekt in Brandenburg zusammen, gegen Gewalt, wie, ja, Gewalt – halt! Genau, so heißt das, da hätte ich eine Idee und zwar, ach, da kommt Alberto mit der Bruschetta …«

* * *

… der automatische Anrufbeantworter von Philipp Wilms. Zur Zeit bin ich nicht zu erreichen. Sie können aber eine Nachricht hinterlassen. Ich rufe Sie dann umgehend zurück.

»Hallo Philipp, hier Anita. Es hat mich wirklich sehr gefreut, dass du dich wieder bei mir gemeldet hast. Vielleicht verdienst du eine zweite Chance. Wenn du magst, könnten wir …«

* * *

Philipp schob die vergilbte Gardine beiseite und sah durch die verschmierte Fensterscheibe hinaus.

Ein paar Hühner liefen gackernd über den vereisten Hof.

Neben einem Traktor stand ein Schäferhund und bellte. Direkt unterhalb des Fensters befand sich ein verrostetes Metallungetüm. Philipp ließ die Gardine los und setzte sich zurück an die Theke.

Dieser Landgasthof entsprach nicht seinen Erwartungen. Anita hatte doch ein gemeinsames Wellnesswochenende am letzten Wochenende vor Weihnachten vorgeschlagen, eins mit Saunalandschaft, Meridianmassagen und Floating. Nichts davon gab es hier. Hatte er sich die falsche Adresse aufgeschrieben? Oder hatte es Anita plötzlich mit Biokram und Leben auf dem Bauernhof? Sie würde doch wohl nicht um fünf Uhr morgens aufstehen wollen, um mit ihm Kühe zu melken?

Die Tür zum Nebenraum ging auf, ein unrasierter Mann kam herein und stellte sich hinter den Tresen. Er trug ein kariertes Hemd und leicht verschmutzte, braune Cordhosen.

»Hallo, ich bin der Walter. Herr Willms? Ja, guten Tag. Natürlich kenne ich Ihren Namen, Sie sind ja angemeldet. Kann ich Ihnen vielleicht Tee oder Kaffee anbieten? Kaffee? Gut. Einen kleinen Moment, kommt sofort, ist schon in Arbeit. Haben Sie den Weg zu uns auch gleich gefunden, ach, mit dem Taxi, ja, wir liegen hier schon ein wenig abseits, das ist wohl wahr, hat aber auch seinen guten Grund, sag ich immer, ja, ja, am Schluss ist da nur noch ein Feldweg, gar keine Straße mehr, so, da ist der Kaffee. Zucker? Milch?

Muss schon sagen, nehmen Sie's mir nicht übel, Sie sehen gar nicht so aus wie die Herren, die sonst so unsere Jungs am Wochenende begleiten, das sind ja normalerweise eher so robuste Naturen, unter uns gesagt, das ist auch nötig, denn unsere Jungs sind auch keine Unschuldslämmer, ha, ha, Rechtsradikale, Schläger, Säufer, Knackis, alles dabei, alles schon gehabt, na, Sie trauen sich was, sonst hätten Sie sich ja nicht angemeldet, ach, da kommt er auch schon, der Maik, gestern erst raus, Landfriedensbruch in Tateinheit mit schwerer Körperverletzung, dazu noch das Tragen von Abzeichen verbotener Organisationen, darf ich vorstellen, Maik, das ist der Herr Willms, dein persönlicher Betreuer für dieses Wochenende, nun mal nicht so schüchtern, gib ihm ruhig die Hand, aber brich sie ihm nicht gleich.

Noch einen Kaffee, der Herr?«

* * *

HAT IHR KÖRPER GENÜGEND KIESELSÄURE?

Karst stutzte und schaute noch einmal in das Schaufenster des Reformhauses. Tatsächlich, dort stand die Frage auf einem Plakat, unterhalb des Gesichts eines älteren, sorgenvoll blickenden Herrn. Sonst stand dort nichts weiter, keinerlei Erklärungen. Was um alles in der Welt war diese Kieselsäure? Wozu war sie gut? Woher bekam man sie?

Dem Namen nach schien es sich doch eher um eine rustikale Substanz zu handeln, welche im Gartenbau oder bei der Anlage von Pfaden um gepflegte Eigenheime Verwendung fand. Eine kompromisslose Flüssigkeit, die Flechten und Grünspan aller Art beseitigt und den deutschen Kiesel rein hält und sauber.

Er setzte seinen Weg durch die Fußgängerzone fort.

Ein Mann kam ihm entgegen, hochgewachsen, dreiteiliger Anzug, hellbraune Aktentasche. Er sah aus wie jemand, der ihm helfen könnte.

Kurzentschlossen stellte Karst sich dem eilenden Herrn in den Weg. Er fragte ihn, ob er vielleicht wisse, wie weit Cäsar im Rahmen des gallischen Feldzuges denn nun sei, präziser, ob der tapfere römische Prokonsul den Stamm der Häduer bereits besiegt habe. Er habe diesbezüglich nichts gefunden bei seiner Zeitungslektüre, weder in der FAZ noch in der ZEIT. Das sei schon recht seltsam und stimme ihn sorgenvoll. Schließlich sei der Gallische Krieg doch bedeutender als irgendwelche Koalitionsverhandlungen, die gleich seitenweise kommentiert würden.

Der Mann im Anzug ließ ihn stehen.

Karst schaute ihm nach, dann in den Himmel, die Sonne kitzelte in der Nasenspitze und … Er stand auf einem Schulhof, in der Mittagssonne, hielt die schwere, bunte, duftende Tüte mit Apfelsinen und Nüssen fest umklammert, spürte die weiche Hand der Mutter, die ihm durchs kurzgeschnittene Haar fuhr, hatte den Geschmack der Vollmilchschokolade im Mund, seine Zunge spielte mit Nussstückchen – von jetzt an würde er stets artig sein, das nahm er sich vor, er war nun ein Erstklässler, nie mehr würde er Lisbeth an den Ohren ziehen, stets seinen Teller leer essen, keine Frösche mehr …

Karst nieste, es schüttelte ihn und … Er lag, es war der 13. November 1964, im Bett seiner zukünftigen Schwiegereltern und entjungferte Marianne (und Marianne, ohne es zu ahnen, ihn), sie hielt ihre Augen geschlossen, er hatte kalte Füße, musste dauernd niesen, das Fenster schloss nicht richtig, es zog, beide waren erleichtert, danach wieder in der warmen Küche sitzen zu dürfen, sie schälte Kartoffeln, er las Zeitung.

Ein Bettler, der gar nicht wie ein solcher aussah, bat ihn um Geld. Karst wies ihm den Weg zum Schuldturm, an dem an Markttagen im Auftrage des Bischofs ein Benediktinermönch rote Grütze verteile.

Im *Café Möricke* entdeckte er seine Großmutter, sah sie zum ersten Mal seit 1959, zum ersten Mal seit ihrer Beerdigung. Wo war die Elisabeth nur all die Jahrzehnte gewesen? War das eine Freude! Sie würden sich so viel zu erzählen haben.

Wer wohl der junge Mann sein mochte, mit dem die Oma an dem kleinen Tischchen am Fenster saß? Ein Enkelsohn? Karst klopfte an die Scheibe, sah zwei überraschte Gesichter und ging hinein.

An ihrem Tisch angekommen, beugte er sich herab und küsste seine Großmutter auf die Wange.

Er brachte sich wieder in die Senkrechte und strahlte sie an.

Eine Handtasche traf seine rechte Gesichtshälfte.

Karst protestierte, erinnerte an Sommerferien, an Pflaumenkuchen im Garten.

»Ich bin es doch, der …«

Ein weiterer schmerzhafter Schlag, diesmal ausgeführt von dem Enkel (hatte er sie mit ihrem Galan kompromittiert?) warf ihn zu Boden. Menschen standen um ihn herum.

Er fand sich auf der Straße wieder.

Am Ende der Fußgängerzone der Eingang zum Park, im Park ein Café.

Er saß auf einer Bank an einem hölzernen Tisch, vor sich ein Glas Wasser und in dem Glas: drei blaue Kornblumen.

Es rauschte in den Bäumen.

Erzählte ihm der Wind ein Lied?

Karst zwang sich, logisch zu denken: Vielleicht war die Großmutter ein bißchen verkalkt? Schließlich waren seit ihrer Beerdigung viele Jahre ins Land gegangen. Oder vielleicht war es gar nicht seine Großmutter gewesen?

Nein, er schüttelte den Kopf, das war unmöglich.

Er kannte doch seine Oma. Kein Zweifel möglich.

Dann aber gab es, rein logisch gesehen, nur eine Lösung, so schwer es ihm auch fiel, sich mit dieser abzufinden.

Er wehrte sich gegen seine Schlussfolgerung, wollte sie nicht wahrhaben.

Schließlich siegte die Logik.

Es gab nur eine Möglichkeit:

Die Frau im Café war die Großmutter, aber er, er war nicht Heribert Karst.

* * *

Philipp schlief, das Gesicht zum Fenster gedreht.

Er schlug die Augen auf und schaute heraus. Verschneite Wiesen und Felder glitten in der Abenddämmerung vorbei. Ab und an ein dunkler Bauernhof. Am Horizont machte er ein Waldstück aus. Eine wunderbare Müdigkeit hatte von seinem Körper Besitz ergriffen. Weihnachtsfeiertage, Jahreswechsel, stundenlange Zugfahrt zu den Eltern, nicht enden wollende Mahlzeiten, die anstrengende Verwandtschaft: Ihm hatte alles nichts ausgemacht. In den vier Wochen im Krankenhaus war er endlich zur Ruhe gekommen und die Pleite mit Anita hatte ihm endgültig die Augen geöffnet.

Am Weihnachtsabend, im Wohnzimmer der Eltern, hatte ihm sein Bruder Thomas, auch mit sechsundfünfzig exakt neun Jahre älter als er, wie immer vom Familienleben mit seiner Ehefrau Marianne und ihren drei Töchtern vorgeschwärmt. Diesmal sagte Philipp nicht, dass er eigentlich noch zu jung sei und noch nicht reif für langfristige Bindungen. Er hatte nachmittags mit seinen Nichten gespielt und konnte gar nicht genug davon kriegen. Am Abend führte er lange Gespräche mit Marianne, die von seinem Interesse überrascht war, ihm jedoch keineswegs auswich. Er hatte seiner Mutter zugehört, als sie davon erzählte, wie sie seinen Vater kennengelernt hatte. Natürlich kannte er ihre Geschichte, musste aber trotzdem lächeln. Am Morgen des zweiten Weihnachtstages verabschiedete er sich. Er faselte was von Abituraufgaben, die es vorzubereiten galt.

Tasächlich aber hatte er sich mit Gesine verabredet.

Als er sich von Gesine verabschiedete, bei ihrem letzten Treffen vor den Feiertagen, hatte sie ihm einen seltsamen Blick zugeworfen. Danach küsste sie ihn, anders als sonst. Das ging ihm nicht aus dem Kopf. Philipp verspürte wenig Lust, seinem Bruder zu erklären, wer Gesine war und in welchem Verhältnis er zu ihr stand. Oder bald stehen könnte.

Er griff zu seinem Buch, das auf seinem Schoß lag.

Erotik im 21. Jahrhundert: Digitale Aktphotografie

Erst jetzt bemerkte er die junge Frau mit dem eleganten, smaragdgrünen Halstuch, die ihm gegenüber saß. Philipp schätzte sie auf Anfang dreißig. Als er das Abteil betreten hatte, war er der einzige Fahrgast gewesen. Dann war er wohl eingeschlafen.

Die Frau hielt ein Buch in der Hand: *Erotik im 21. Jahrhundert: Digitale Aktphotografie*

Sie lächelte ihn an.

Das Weiß ihrer Zähne versetzte ihm einen feinen Stich in die Herzgegend.

»Witziger Zufall, nicht?«, sagte sie.

Philipp lächelte zurück.

An wen erinnerte sie ihn bloß?

Epilog

Am späten Nachmittag wurden die Fenster verriegelt und sämtliche Türen verschlossen. Putzkolonnen verließen das Gebäude. Die letzten Autos rollten vom Parkplatz, Stille senkte sich über das gesamte Areal. Ihr folgte die Dunkelheit der beginnenden Nacht. Flure und Zimmer waren menschenleer.

Eine Tür öffnete sich, ein Kopf schaute aus dem kleinen Raum hervor. Nach wenigen Sekunden trat eine leicht vornübergebeugte Gestalt heraus und schloss die Tür hinter sich. Sie schaute sich vergewissernd den Flur entlang, erst zur linken, dann zur rechten Seite. Langsam und leicht unsicheren Schritts, denn der Flur war dunkel und der Boden frisch gebohnert, bewegte sich die Gestalt vorwärts. Sie blieb unvermittelt stehen und schaute für einige Minuten aus dem Geviert des Fensters hinaus in die Dunkelheit, in der für das menschliche Auge nichts zu erkennen war. Dann setzte sie ihren Weg fort, ging zum Treppenaufgang an das Ende des Flures und stieg, sorgsam einen Fuß vor den anderen setzend, hinauf bis in das zweite Stockwerk. Dies nahm einige Minuten in Anspruch. Dort angekommen, blieb sie vor der ersten Tür stehen.

Sie kramte in ihren Jackentaschen und holte einen länglichen Gegenstand hervor. Ein leises, metallisches Geräusch ertönte und der Strahl einer Taschenlampe erfasste ein kleines, weißes, von einem eleganten schwarzen Rahmen umfasstes Schild, das man neben der Tür in Augenhöhe angebracht hatte:

Direktor: H. Karst
Anmeldung im Sekretariat bei Fr. Maasbach erbeten

Kaum zu glauben.

Dieser Karst war nun Direktor.

Kopfschüttelnd schloss er die Tür auf.

Vor zwei Tagen (Tagen?) hatte er, mucksmäuschenstill auf der Toilette sitzend, unfreiwillig zwei sich am Urinal erleichternde Kollegen belauscht.

Einen Verrückten hatten die beiden Karst genannt, einen Unberechenbaren.

Sie befürchteten, Karst werde die Schule zugrunde richten und sie gleich mit in den Abgrund reißen.

Er ging durch das Sekretariat in das Zimmer des Direktors.

Was, wenn die Kollegen recht hatten?

Er konnte sich an diesen Karst jedenfalls nicht genau erinnern. So viele Jahre, so viele Kollegen. Vielleicht war Karst der Kollege, dessen Großmutter er unlängst im *Café Möricke* getroffen hatte? Warum vermochte er sich dann aber des Kollegen nicht zu entsinnen? Sollte das etwa heißen, dass er sich nicht mehr auf sein größtes Kapital verlassen konnte: auf sein Gedächtnis? Er, der noch nie etwas vergessen hatte, auch nicht die kleinste Kleinigkeit?

Sein Blick fiel auf ein Gewehr, das hinter dem Schreibtisch an der Wand lehnte. Er nahm es in die Hand. Ob es wohl noch funktionierte? Die Waffe sah alt, aber gepflegt aus. Er stellte sie wieder an die Wand.

Unschlüssig steckte er die Hände in die Hosentaschen seines hellgrauen Anzugs. In der rechten fand er einen Zettel:

Dienstag, 19. 3.
Raum 23 – 9.30 bis 10.15 Uhr
Aufgaben verteilen und Aufsicht führen
Aufgaben liegen im Fach von Herrn Erdmann.

Er kannte die Schrift. Es war die seinige. Niemand anderer als er selbst hatte diese Nachricht verfasst, und zwar für sich selbst.

Was für ein Glück.

Jetzt hieß es nur noch, diesen Raum 23 finden und der nächste Tag wäre seiner Unwägbarkeit beraubt. Außerdem, und dies war viel wichtiger, würde er auf diesem Weg auch noch seinen eigenen Namen herausfinden. Dieser Erdmann war er nicht, denn Erdmann war ganz offensichtlich jemand anders. Wenn er dieses Ausschlussverfahren weiterverfolgte, streng systematisch vorginge, würde automatisch sein Name als letzter übrigbleiben müssen.

Frauennamen fielen doch automatisch heraus, denn er war schließlich ein Mann.

Oder?

Oder etwa nicht?

Er schwankte, überlegte, zweifelte.

Heribert Karst ging kein Risiko ein und kontrollierte.

Nach Klärung dieser Angelegenheit ging er zum Schreibtisch.

Dieser Karst war also das Problem. Wie nur den Kollegen helfen?

Sein Blick fiel auf den Vorderlader.

Nachbemerkung und Dank

Diese Geschichte ist frei erfunden. Jegliche Übereinstimmungen mit tatsächlich existierenden Institutionen oder Personen wären rein zufällig.

Die eher fragwürdigen Eigenschaften der Romanfiguren wurden dem Charakter des Autors entlehnt, ihre positiven aus deutschen Fernsehserien gewonnen.

Für Hinweise und Verbesserungsvorschläge zu danken habe ich meinem Bruder Andreas, Julia Keil und ganz besonders Ulrich Horstmann, ohne dessen hemmungslose Hilfsbereitschaft die Geschichte nicht geschrieben worden wäre.

Michael Marten
Berlin, Mai 2012

EDGAR RAI
Wenn nicht, dann jetzt
Roman
255 Seiten
ISBN 978-3-7466-2979-7
Auch als E-Book erhältlich

Das ist kein normaler Urlaub. Das ist seine letzte Chance!

Jan ist in den besten Jahren. Nur warum die so heißen, ist ihm schleierhaft. Als Vater einer 16-jährigen Tochter ist er ein Versager und als Ehemann eine Vollniete. Das liegt weder an seiner Intelligenz noch an seinem Charme. Das liegt vor allem daran, dass er die Frau, die er bis heute liebt, vor 15 Jahren verlassen hat: Sergeja. Musikerin und Mutter der gemeinsamen Tochter Mia. So richtig hat Jan nie begriffen, was ihn damals geritten hat, und jetzt will Sergeja wieder heiraten – einen anderen. Und zwar in dem kleinen slowenischen Dorf, in dem auch sie sich damals das Jawort gaben. Ist es zu spät? Ab in den Süden! – Ein liebevoll chaotischer Beziehungsroman mit viel Witz, Herz und Himmelsbläue.

Nach dem Bestseller »Nächsten Sommer« Edgar Rais neue »charmante, romantische Sommerkomödie« (Elle) – auf nach Süden!

Mehr Informationen erhalten Sie unter www.aufbau-verlag.de oder in Ihrer Buchhandlung.

atb aufbau taschenbuch